刚刚说过

郭德纲 著

作家出版社

图书在版编目（CIP）数据

刚刚说过 / 郭德纲著 . -- 北京：作家出版社，
2024. 4

ISBN 978-7-5212-2704-8

Ⅰ.①刚… Ⅱ.①郭… Ⅲ.①散文集—中国—当代
Ⅳ.① I267

中国国家版本馆 CIP 数据核字（2024）第 019700 号

刚刚说过

作　　者：郭德纲
责任编辑：丁文梅
装帧设计：门乃婷工作室
出版发行：作家出版社有限公司
社　　址：北京农展馆南里 10 号　　邮　　编：100125
电话传真：86-10-65067186（发行中心及邮购部）
　　　　　86-10-65004079（总编室）
E-mail:zuojia @ zuojia.net.cn
http://www.zuojiachubanshe.com
印　　刷：唐山嘉德印刷有限公司
成品尺寸：142×210
字　　数：132 千
印　　张：7.875
版　　次：2024 年 4 月第 1 版
印　　次：2024 年 4 月第 1 次印刷
ISBN 978-7-5212-2704-8
定　　价：49.80 元

点塔七层，不如暗处一灯（序）

郭德纲

人到五十，心一下就安静下来了。苦事不宣，乐事不扬，闲事不管。世界上没有真正的感同身受，不是所有的鱼都活在同一个坑里。你有什么委屈，你有什么开心，都是你自己的事，不必拿出来，没有意义。作艺的，台下狡猾不能成器，台上老实不能唱戏。十样会不如三样好，三样好不如一样绝。先学吃饭再学养老，等风来，不如追风去。没有一直不显一弯，没有一蔫不显一欢，没有平地不显高山。

天上一轮月，人间万里明。多读书，养浩然正气。

目录

第一篇

茶前饭后

01 规矩：言无二贵，法无两适

　　规矩是必须要遵守的，可能有的人不太喜欢谈论规矩，但是我觉得应该好好讲一讲。

　　规矩是约束人的，自然就有人喜欢有人不喜欢。明月皎洁，万物喜其滋润，盗贼恶其光明。说的就是天上月亮很圆很亮，万物喜欢它的润泽，觉得特别好，但是偷东西的贼就讨厌它的光明。就好比，规矩这个东西，有喜欢的，有骂的，岂能尽如人意，但求无愧于心，也就是了。

【皇帝吃饭，不过三口】

宫里有宫里的规矩，甚至当皇帝也得守规矩。

之前看电视剧，古装片里，皇上吃饭，当时我就觉得有问题，太监玩命给夹一个菜，其实这是不对的。

我也没上宫里去过，但一琢磨就知道个大概了。

皇上吃饭讲究是吃一看二眼观三。

有吃的菜，有看的菜，有观的菜，这三样可不一样。

皇上说了，我爱吃这个。好，给夹菜。据说，不允许超过三口。特别爱吃某一道菜，也是三口。皇上说我喜欢吃，上一拍黄瓜，皇上爱得都不行了。皇上一指，太监就给夹过来了，一口、两口、三口，吃完三口之后，这菜一定要端走。

皇上吃的东西，太爱吃的话，别人可能会在这道菜里做文章，会害皇上。

皇上这辈子就不要再吃拍黄瓜了，皇上家规矩大。

【小偷规矩，物留三日】

到了民间，哪怕是个小偷，也有小偷的规矩。

比如说在天津，过去有"吃白钱的"——小偷。

偷完东西之后，不管是皮夹子，还是钻戒，只要到手了，按规矩不能马上出手。

因为你不知道你偷的这个人是谁，万一他是一个有身份的人呢？

所以，按规矩来说，一定要留几天。具体留几天，各地不一样，但有这么一说法：三天之内没人来找就拉倒；三天之内有人找到了，就把里边的钱留下，把包还回去，也不能说你找来了就全给你，全给你，咱（小偷）没法干。这是小偷的规矩。

【相声圈里，师徒规矩】

说到相声，无有规矩，不成方圆。这个行业里，有很多规矩。

从拜师开始，一句话——师徒如父子。一个头磕在地上，拜师，你是我的师父。那么在心里，他要跟父亲一样，我们要去尊敬师父。

为什么呢？你的生身父母给了你生命，你的师父给了你吃饭的本事。

拜师之后第一个规矩就是，"三节两寿"不能忘记。

三节是什么？第一节是春节，还有五月节和八月节。五月节就是端午节，吃粽子；八月节是八月十五团圆节，吃的是月饼；再加上春节，这是咱们中国人最大的一个节日。三节的时候要去看自己的师父。

两寿——师父的生日和师娘的生日。这是必须要去的。如果三节两寿做不到（去看师父师娘）的话，那行业内其他人知道了，一定会觉得这个人品德上有问题。

过去还有别的规矩，比如说"三年学徒，两年效力"。

三年之内跟师父学徒，师父管你吃、管你住、教你能耐，适当地给零花钱。你出去挣钱，前两年的钱，大部分还都要给师父，不能白教给你。打这儿起，你再出师，就正式走上江湖了。师父要跟所有人说，这是我徒弟，跟我学的，在我们家怎么怎么样，你们大家多关照。从此往后挣的钱就都是你的了。

有人问我，你给侯先生效力了吗？我可以拍着胸脯说，效力了。2004 年 10 月，我拜侯先生为师。当时德云社做商演，铁路文工团也做。那时，所有的事先尽着师父。铁路文工团这一场没有郭德纲、于谦，两三万；有郭德纲、于谦就是商演的价钱。而且按照合同，同一个城市不能同时做演出。演出一场，郭德纲、于谦的演出费两千。经济损失巨大，但是心甘情愿。这种情况一直到 2007 年先生去世，所以打到天边我也敢说，给师父效力了。一切都是因为四个字：师徒父子。

我有很多老师，张老师、李老师、王老师、赵老师。

但是，正式举行仪式，行拜师礼的，就是侯耀文侯先生。

好多人看电视，觉得侯先生大马金刀，威严庄重不好惹，其实他是一个特别有童趣的人。我有时候爱给他买点儿小玩意儿，养虫子的小葫芦、手把件之类。他很喜欢这类小东西，我也经常给他买这些个。有一次我给师父买了双布鞋，师父乐了：哟，这么早就给我预备了。说罢大笑。

北方的习俗，老人不行了孩子要给准备寿衣，其中包括买布鞋。师父当笑话说，我当笑话听。谁料一语成谶，师父五十九岁就离开了我们。现在想这个事，真是柳叶刀刀刀见血，昆仑剑剑剑穿心。

【出门规矩，江湖相见】

进门有规矩，当然，相声行业里也有出门一说。

虽然说在中国相声史上，这些年来不多，就是咱们好，你拜我为师，我收你为徒，但是可能发生了种种之后呢，得了，咱们一拍两散了，谁也别搭理谁了，你就从我这走吧！

有人说也叫清门，清理门户。

其实，不管是清末，还是民国，也发生过几起，只不过外界没什么人知道。

一般是自己门户内部，比如我收了这么一个猴，后来这个猴不如那个猴听话。就把这猴，说得了，让它走吧，送它回花果山吧。

在内部，一般来说，就自己家里人，所有人都聚在一起，大家一起说，得说得你心服口服，你如何如何，怎样怎样，到最后师父说了，我也不承认你，你也不承认我了。

这种情况我见过。有一位六十来岁的老先生，我们俩聊天，我问，您师父是哪位？他自个儿说，我把我师父开除了。我说，您这叫反清门。

但是不管怎么说，你进门了之后，一家人在一起还是有感情的，能好好的就好好的，实在不行，那也是没办法的事儿。

也拟疏狂图一乐，过得刚好话无多。

【德云规矩，欢迎单干】

德云社是一个文化公司，从北京相声大会到成立德云社，一步一步走到今天。

我们每年的教学分几种，之前有跟艺术学院联合办学，有我们自己的传习社，也有我们的科班，淘汰率是非常高的。

无规矩不成方圆。举个例子来说，你，小孩儿，毕业之后不管干点儿什么，最后到德云社来了，我把你从一个社会闲散小孩儿，通过公司运作成为明星了，到最后你如日中天了，你扭头就走，那么对公司来说意义何在？

最早，我们只是用感情来拉拢人，后来发现有的时候，感情只能拴牢一方。这些年我算了算，离职的、跳槽的、不干的都搁一块儿，有十几个人。我觉得我是在这类型的公司里边最成功的。

一场相声晚会，七段相声，十四个人，加一个主持人十五个人，十五个人就足够干一摊了。你八百人都跟着我，我没有地方安排你这么多演出，你一定要出去。

每年德云社的年会，在吃饭之前我的第一句话就是：列位，有没有要单干的？

年年如此。有没有？如果有，提出来，我会尽全力地帮助你，给你找剧场，帮你去起灶，帮你笼络人马，帮你去宣传。

欢迎徒弟们单干！因为什么？跟家里有闺女似的，女大不能留，留来留去结冤仇。

天上一轮月，人间万里明。

有空多拾粪，没事少扯淡。

【辈分也是一种规矩】

网上经常有人爱谈论曲艺界演员的辈分问题，每当看到这些话题，我都感觉到很无奈。中国的传统艺术是需要辈分的，也曾经有人质疑这一点，认为要打破辈分，提倡自学成才。这是另一个话题，我们就不探讨了。

辈分是需要的，这就如同您在家里边儿，谁是爸爸，谁是儿子，谁是舅舅是需要排列的。你非要打破这个，肩膀齐为弟兄。中国有句老话，坟地改菜园子拉平了。

我在相声界辈分是"明"字辈，在西河门我是"增"字辈，也就这么两个辈分。在曲艺界里讲就是论资排辈，但是其实这里边还是有技巧的，就是这个辈分要怎么论。因为怎么论不重要，关键是要有"规矩"两个字。

怀着种种目的踏进这个圈子的人，特别在意这个，而且特别地不在意规矩。有人说了，曲艺界的规矩就是先进门为哥哥，差多少岁数该怎么喊也得怎么喊。话虽如此，但是这里面有一个前提，比如说我拜了师之后，我师父特意告诉我，这个人你不管他多大你也要叫哥哥。那么有师命在，我们就得同意。

有很多个案，德云社的谢金，他的曾祖是谢芮芝，祖父是谢舒扬，父亲是谢天顺，人家可以说是曲艺世家。谢金的父亲谢天顺先生，按相声界排辈来说，我应该叫师爷。但是台下的私交，谢天顺先生和我岳父论哥们儿，我媳妇儿管谢天顺叫大爷。您说这辈分怎么论？

当年谢天顺先生带着谢金到德云社来，谢先生说：德纲，让谢金拜你。来，儿子跪下。我赶紧就拦住了，没有这个说法，没有这个规矩，不可以。谢先生才退一步说：那你们算把兄弟，以后你就是他哥哥，从那天开始改口叫哥哥。

因为谢金的辈分问题没有办法，我找的李文山先生，我安排的这个事儿，让李文山先生代拉谢金，算是王世臣的徒弟，这样可以解决他的"文"字辈的身份。我们是有规矩，但是要灵活使用。

很多人排辈分，其实是很无聊的，各种换算各种盘辈没有意义。

我们举个例子来说。溥仪的妹妹，贝勒府的格格，人家后来的名字叫金蕊婵。她的丈夫是我们的京韵大鼓表演艺术家白凤鸣先生。你要这么论的话，白先生的师父刘宝全就得跟皇帝论哥们儿。梅花大鼓表演艺术家花小宝嫁给了爱新觉罗·溥佐先生,那难道说天津那一批唱大鼓的老太太都跟宣统皇帝叫大哥吗?

在不相干的领域中换算辈分其实是一点儿意思都没有。曾经有一个曲艺的票友,也正式拜师了,询问辈分问题,他师父说过,我跟马三立叫三哥,我管苏文茂叫大哥。这个马先生和苏先生之间就差三个辈分,他师父这个意思是告诉他辈分不重要。

但是他把第一句话记住了,我师父跟马三立叫三哥。从这个角度出发也就是说他跟侯宝林是平辈儿的。那年头他只不过是一个二十多岁的小年轻。这人要中了邪呀,就拦不住他。记得有一次在后台他抱着孩子来,他跟我倒是不敢,一直管我叫哥哥,所以抱着孩子一指我:叫大爷。一回头看见我媳妇儿了,指着我媳妇儿对孩子说:来叫姐姐。我媳妇儿也对得起他:去去去去去!

02 饭局：世上辛酸味，车尘马足旁

"饭局"这俩字其实年头也不短了，据传说，最早的饭局应该是从宋代开始的。所谓的局，就是大家一起要在这儿吃饭，要谈事，要交流，要如何如何。

饭局饭局，本来世上只有饭没有局，但是吃饭的人多了也就成了饭局，入的是局，吃的是饭，品的是人，是尘世的各种滋味。

【千叟宴】

　　从古至今，出名的饭局有很多，比如咱们说的鸿门宴，还有青梅煮酒论英雄，群英会也是，贵妃醉酒也算。

　　乾隆年间有一个千叟宴，乾隆找了好些个上岁数的老爷爷，到宫里来，大家一起吃个饭，让大伙儿知道知道皇恩浩荡。千叟宴其实办了好几次，包括我们吃的这个火锅，跟千叟宴都有关系。

　　火锅什么时候有的？据传说，忽必烈打仗的时候，有一次军情紧急，马上得开战了，来不及做饭了，厨子一着急，就把这头盔搁在火上，搁点水，切点肉片这么一涮，然后士兵就这么吃了。

　　打那起，发明了火锅这种吃法，但这只是一个传说，具体也没法考证。

　　不过在千叟宴的时候，火锅得到了发扬光大。

　　因为你想，那么些个老爷子搁那吃饭，那厨子忙不过来，老爷子们岁数也大，又冬天，饭菜凉得快，怎么办呢？后来据传说，是和珅出的主意，吃火锅吧！火锅热乎乎的，还能随时地添菜、添炭。

所以吃完之后呢，长寿的老头们还都挺满意，吃着热乎乎的，有稀的、有干的，有菜、有肉，挺好。

【最抠饭局】

出去演出的时候，什么事都遇见过。

山西有个演出方，是我这些年来出门演出遇见的最会省钱的。

我说后台这儿没水了，弄点水去吧，他竟然出去把半瓶半瓶的矿泉水给你兑成整瓶的拿来。

吃饭的时候，演出方负责人问："郭老师，你打算吃点什么？"我说："省点事儿，吃个面就行了。"

我是客气客气，他说："好，好，好，好，好！"赶紧跑出去到厨房，大声吩咐厨师："就吃面，炒菜都不要，都不要！"然后我们有的演员说："该炒菜得炒菜吧。"他站在厨房门口拦着："那个肉的都不能炒，要吃这个素的。"

后来我说，你就多余在这个市面上混，不光不会交朋友，你都对不起这一撇一捺的"人"字。

类似这种事情不计其数，有意思。饭局多了，见的人就多了，挺好玩。

正所谓：擎杆拨日戏北斗，一轮明月照山河。

【饭局游戏】

有的时候我嫌饭局闹腾，就是因为他们饭局上净做游戏。

什么划拳行令，什么拿着筷子玩老虎棒子鸡，都是现在比较简单的了。

其实中国古代的文人，爱喝酒的这些个，也发明了好多传统的游戏。

比如曲水流觞，简单说，咱仨人拿铁锹跟地上挖沟，把这沟挖得曲曲弯弯，弯弯曲曲，然后在里边灌水，我坐这边，你坐那边，他坐这边，然后把这酒杯装上酒，顺着那湾水来回地流，停在谁跟前谁作诗。

作诗，喝酒。这是当年文人玩的，为什么现在这种游戏失传了呢？因为铁锹不好买。

还有投壶，摆一大酒壶，往里边扔东西——弓箭，竹签，等等。不管扔什么，其实就是扔中了怎么怎么样，扔不中如何如何，就是酒令，借着机会喝酒。

你现在看这很雅致。

后来就有人发展了，就是弄一只女人的鞋，鞋里边放上一个酒杯，怎么通过酒令最后拿着这酒去喝，这好像品位就没有那么高了。但是热爱这个的，比曲水流觞那个，好像粉丝还多一些。这就没法儿说了。

　　人到中年，楼上看山，城头看雪。灯前看花，舟中看霞。抬头看天，低头看鞋……

【德云饭局】

德云社饭局是以于老师为代表的于氏饭局。

我其实不太爱跟别人打交道，我多少有点社交恐惧症。这一年跟别人在外边吃饭连十回都没有。

别人都以为叫郭德纲来吃饭，这一桌得多热闹啊！唱个歌，演个什么，说个小笑话……那是你一厢情愿，我真做不了。我最喜欢的就是一个人安静点儿待着，这是我最爱干的事情。

得不高歌失不忧，你既无心我便休。

浪迹江湖人不管，春风吹醉酒家楼。

03 夜宵：今宵夜长，聊聊美食

科学上说，老吃夜宵其实对身体不好，我觉着那就尽量早点儿吃，从早晨七点开始吃，吃到晚上睡觉就行了。夜宵，舍不掉，光看这两个字就能让人开心，夜宵是一种文化，也没有什么吃对，还是不吃对，这都谈不到。

要说就尽量从健康角度出发，吃得健康一点儿，对身体能够好一些。吃的，也让你们开心；不吃的，看着吃的，你也一样开心。

【皇帝也爱夜宵】

皇上也吃夜宵。

北宋时期，晚上了，太监、文武群臣也给皇上准备各种吃的东西。

北宋有一位皇上夜里想吃烧羊肉，就忍着，夜里边没吃。转天跟大伙儿说："昨日夜里我馋得都不行了，可想吃那烧羊肉了！"大伙儿说："干吗不吃呢？"皇帝答："不忍心惊动你们啊！也不忍心因为我想吃羊肉了，让你们借此机会出去作威作福，影响百姓的生活。"

这个皇帝是个好皇帝——宋仁宗。

【夜宵之最——小龙虾】

小龙虾出现的年头好像并不是很长。

我记得小时候，应该是也有卖小龙虾的，就是家里给孩子买来玩。没多少钱，买来之后，弄个小绳子拴好了，最后玩死了也就得了。

后来突然间就开始兴起了吃小龙虾，我到南京、合肥、长沙等好多地方，都有小龙虾节，小龙虾一条街，口味还都不一样。我觉得南京的挺好，小龙虾汤最后拌个面，还有的拌个薄脆。反正主意都挺好，剩下的就在于手艺了。

【懒人夜宵——方便面】

提到夜宵呢，其实好多人有的时候特别简单，一饿了，你想吃点什么呀？

方便面啊！

好多人都说方便面是外国人发明的，其实，据说在南北朝的时候，咱们这儿就有类似的东西——把面弄好，过油炸。

方便面这东西挺好玩，我们也见过把方便面吃出花来的：过水，捞出来再炒，配各种料重新加工一下；有的人就爱吃拿微波炉打的；有的是愿意汤多一点儿，有的愿意汤少一点儿；有的不放汤，干吃。

各地的夜宵不一样，我们到台北去演出的时候，台湾的夜市挺好，美食店一家挨一家的。我们找了一个有冷气的店吃夜宵，印象中，炒饭和炒猪肝挺好吃的。

香港的夜宵也挺丰富，但是香港还是偏南方的口味。

香港的面也细，金黄金黄的。TVB 的剧里也经常会演："你饿不饿呀？我下碗面给你吃。"当年看香港电视剧，老觉得香港人都可怜死了，"哇，有糖水喝呀"，有杯糖水就美成那样；

多高的身份也是"我下碗面给你吃吧"，一碗面就把他收买了。

　　来来往往，走走游游。静坐观古画，寻梅踏山头。好朋友不用多，三五个常常有，吟诗答对撸串喝啤酒。焚香抚琴《高山流水》来一首，唱两句"你是我的小苹果"，管什么俗与雅，万事不如杯在手。喝醉了睡一宿，醒来时冰糖拌果藕。人生守分长久，一年几见月当头。看小船荡悠悠，青竹竿挂金钩，江河湖海任我游，观了些山明水秀，胜似那当朝一品万里封侯。

【当夜宵遇到外卖】

我看现在小孩儿们饿了点外卖，真是特别方便。

中国古代也有外卖，宋朝那会儿更方便一点儿，皇上半夜饿了，想吃点儿什么，告诉太监，去上谁家谁家去买什么什么。小太监跑出去跟人说，完了人家那家给送来。

古代那会儿一家店挨一家店的，就像《清明上河图》画的那样。据说，《清明上河图》里有一个人就是送外卖的。

虽然说我没点过外卖，但我知道不少点外卖好玩的事儿。

有人给外卖骑手留言：来的时候不要按门铃，一定要鬼鬼祟祟，不要让我爸爸看见我吃夜宵。

还有的写：从第三个电线杆子和第二个电线杆子当间弄一根绳下来，我在那儿等你。

那谁知道你在哪儿啊！

还有的写：一定给我放泡椒、放泡椒、放泡椒、放泡椒，不放泡椒拒收！

哪儿说理去？

人间烟火，山河远阔。

【我的夜宵】

夜宵我已经好久没出去吃了。

烤串我倒是有印象，这一说得有二十年了吧！那会儿我在天津，一到了冬天，西北风呜呜地叫着，晚上有时候演出回来，哎哟，这风冷得都不行了。

天津路边上有那烤串摊，弄个红的塑料布，围成一个棚子，进去之后有炉子，顾客站在炉子边上喝一碗热的羊杂汤，吃一个烧饼什么的就是所谓的夜宵了。

德云社每次演出结束之后，主办方一般都会安排夜宵。我很少去，谦哥他们爱去吃，图一热闹。

到国外呢，刚开始，朋友们来吧，牛排这么好那么好，也能吃。海鲜对我来说不新鲜，我是天津人，从小吃海鲜，这是很简单的事情。吃到最后，一定是——咱们找中餐。

所以，不管美国洛杉矶、纽约，澳大利亚墨尔本还是哪儿，我都有固定的几个地方吃中餐。澳洲，我把能吃中餐的地方都吃遍了，墨尔本连卖卤煮的地儿我都找出来了，卖包子、卖馅饼、卖韭菜合子的，我都找出来了。

说到卤煮，于谦老师最拿手，他做卤煮有独特的配方，好像专业卖卤煮那儿人家教给他的。据说他做这个做得特别好。

04 年终奖：年底有话讲

发红包一般来说代表着过年了。过年的时候，家长带着孩子到处去走一走串一串，看看亲戚朋友，一般别人都会拿出红包来给孩子。我们小的时候，其实红包跟孩子没有任何关系，就是家长们之间，二姨给三舅妈，三叔给五大爷，都是这样来回，家长之间的互换。

为什么要在春节的时候给红包呢？其实不光是家里这样，包括到了企业、单位、公司，也经常在年终的时候会有一种奖励，这就是我要跟你们聊的年终奖。

【古代年终奖】

所谓的年终奖其实不是现在才有的，我查过资料，汉朝就开始有"年终奖"了。

汉朝时，年终奖有一个专业名词叫"腊赐"。"腊"是"腊月"的"腊"，说明是年底了；"赐"是皇帝的赏赐。

据说，这一次赏赐的钱能顶得上一个大臣一年的收入。年底的年终奖就够你一年的工资。

不同的朝代也不一样，汉朝是这样。再往后就有的朝代，皇上给赏赐是赏高利贷。所谓的高利贷其实就是快到年终了，由中央政府给地方政府这些个基层公务员一些小额贷款。发给你们这个，然后你们就该怎么办怎么办。拿完之后，利息收上来，小部分要交给皇上，交给国家政府；大部分由地方政府留下来，其实就是给的赏赐，你们收着，大伙儿花了就得了。

到了清朝的时候彻底就没有了，没有腊赐，也没有高利贷，什么都没有了。为什么后来清朝的官贪污呢？就是因为没有年终奖。清朝时，有两样孝敬是地方官要给的：一个是夏天的冰敬，一个是冬天的炭敬。

夏天很热，也不说给你钱，就说给你买点儿冰，让你凉快凉快的，就像现在三伏天的福利。

到冬天，就像取暖费一样——炭敬，也是往上供奉的意思。

由这引起来贪污腐败，想方设法地去挣钱，到最后清朝的灭亡跟这个其实有很大的关系。那会儿来说，何止炭敬、冰敬，买官卖官都很正常。

过去，北京城其实有这么一种商店是专门卖官的。可能你觉得很奇怪，官怎么能买能卖呢？

当年买官卖官确实是有，一般来说是在油盐店。平常可以买油、买葱、买瓶醋，需要买官时，通过油盐店的老板，告诉他我要准备当个官，准备到某县去当一个县长，油盐店老板就去给你运作这个事情，然后告诉你得多少钱多少钱，你拿钱来，他给你去买。通过油盐店把你的官职给你运作到手，这也是清朝真实的事情。所以说，到那会儿，官就没法做了，什么人都可以用钱去买，有钱人就可以当官。

咱们说刘墉刘罗锅，皇上过生日的时候，要给皇上买点儿什么呢？和珅有钱，买这个、买那个。大臣们也尽送好东西，金子、银子、这个玉、那个宝贝……到刘墉这儿，没有，就拎这么一个桶来，桶里边装的就是炒菜用的姜——一桶姜。

把这个姜在桶里边都码好了，码出尖儿来，拎着桶，说：

"皇上，这是我送您的礼物。"

为什么是姜呢？皇上傻了，文武群臣也傻了，和珅说："皇上您看，这不拿您开玩笑吗？给您送这个！"

但是没想到，就是这个东西让皇上最开心。

刘墉解释："别看这是一个桶，里面放着姜，但是有名词—— 一统江山！"

皇上爱听，好开心！

古往今来，无非是戏。天地间，何必认真？

【花样年终奖】

我听说，有的公司到年终的时候，年终奖是老板给买的彩票——去吧，万一中个十万、八万、几百万！

哪儿那么容易啊？

有的老板印点儿挂历，印点儿桌上摆的台历，印的都是自己的照片，让大家时刻看到他。

还有的公司为了留住员工，把一份年终奖分两份，年底给你一份，剩下那份到五六月份再给你。为的是留住员工，怕员工跳槽。

"跳槽"这个词，实话实说，这也是过去一个不太文雅的词，只不过现在运用到职场里边了。

过去清朝、民国的时候，有的风化场所，就是咱们现在说的妓院之类的，"跳槽"这个词是从这里边兴出来的：这个烟花女子非常爱张三，老跟张三在一块儿，后来呢，不喜欢张三，换作李四了，她这个行为叫跳槽。

红杏出墙不来源于妓院，"红杏"不是以此为业，红杏出墙是形容良家妇女的，妓院里没有良家妇女。

明星公司，演艺界的明星做公司，一般年底的时候都会给经纪人或者助理发得多一些。

有好玩的就是帮你清空你的购物车，还有的就是替你交房子的首付，还有的是送辆车……反正是各种各样的都有，没有一定之规，但都表现了老板跟员工之间的感情。

也不能要求人老板把房都卖了、把肾都卖了给员工发年终奖，这样也就失去意义了。

"年终奖"这仨字说起来好沉重，从每一个老板的角度出发想法都不一样，有的就是觉得员工跟着我不容易，这是一个奖励；但是，也有的老板觉得这是一个限制，他觉得，你看，我有我的想法，我还要你怎样怎样，就包括刚才说的一份年终奖分两回三回给。

这就是每家的日子不一样。

也挺好，希望大伙儿都遇见些个厚道一点儿的老板。

高山流水春秋梦，一任明月照沟渠。

05 春节：漫谈习俗又一年

　　春节是中国人最重要的传统节日，没有人不爱过年的。一进腊月，中国人就开始要忙过年的事情，习俗就像做菜的工序，一道道来，到年三十儿、初一这就到了最紧要的时候。我在相声里说过春节，也在春节里说过相声，这就再陪大伙儿聊聊春节里的那些习俗。

【年兽】

我们最早说的是过去有一个怪兽，怪兽的名字叫"年"。

"年"赶着新年的时候出来，祸害老百姓，烧杀抢掠。

老百姓很害怕，就把火生起来，把竹子扔到火里。竹筒拿火一烧爆裂了，噼里啪啦一响，怪兽"年"害怕了，于是就跑了。

打这儿起，人们就开始在过年的时候，燃放爆竹吓跑怪兽，祈祷来年的风调雨顺。

我记得有一年，德云社排了一个舞台剧，郭麒麟、岳云鹏……一大帮人演的，因为是我们的内部演出，很多人没看到过，演的就是大家怎么过年。

演到最后，我们有个演员叫孙越，他一上台，所有人都喊："年来啦！"孙越他胖，像"年"那个怪兽。

【放炮】

我小的时候放的炮都是单个三厘米左右的小炮。

一挂有一百的、二百的等等。

把炮拆散了，放在口袋里。点一根香，还老得吹着它，让它着着火。然后拿炮，一个一个地放。

那会儿小孩儿没钱，也舍不得平时没事儿这么放炮。一直得攒着，到大年三十儿。

我小时候在天津长大，十二点的时候，天交子时了，我们开始要放炮、吃饺子、过年了，家家户户都把炮拿出来，这么大的炮（单个五厘米左右），有一千响、两千响的，就开始放起来。

从一进腊月，大街小巷就是那种噼里啪啦小声的炮，零零星星；到年三十儿夜里十二点，就这一开始，最起码这几个钟头听不清人说话，全是炮响。

早上起来，初一拜年去，地上那红纸——鞭炮的碎末有一沓厚，踩在上边，过年的气氛特别好。

现在好些时候不让放炮了，但年三十儿夜里，我总还是能听见，就像小时候听见的那种放炮声儿。

节至新春，五福临门。桃红柳绿观不尽，碧云天外雁成群。游人戏耍芳草地，野寺山僧念经文。王孙公子骑骏马，砍柴樵夫踏山林。五光十色皆为瑞，万紫千红总是春。春春春，六合同春人间喜，喜的是千秋万寿美景良辰。

【年夜饭】

过年嘛！第一件事是得回家。

上学的，上班的，做生意的……这一年无论多忙，有钱没钱回家过年。

回家之后呢，中国人的传统表达方式就是坐在一起吃个饭，喜庆祥和。

漫说过年，平常的时候，这哥们儿，好久没看见你，走，咱们吃饭去吧！

在饭桌上聊天、喝酒，增进感情。这就是说的"喝酒越喝越厚，耍钱越耍越薄"。

中国人是习惯于春节，尤其大年夜的时候，老老小小，全家人坐在一起，一边吃一边喝，守岁过年，代表着喜庆祥和、阖家团圆。

过年、回家、吃饭，年夜饭，就是这个意思。

【饺子】

饺子是中国北方人特别爱吃的一种家常饭。

在困难的年代，能吃饺子代表着富足。不是什么时候都能吃，那会儿就过年吃。现在生活条件好了，平时都能吃上了。

民间传说，说是"医圣"张仲景发明的饺子。

话说有一年呢，正值隆冬，还在当官的张仲景看到不少百姓饥寒交迫，耳朵都冻坏了，就在衙门口支口大锅，给大伙儿煮点吃的，他用羊肉和祛寒的药物用面皮包成耳朵状煮熟让大家吃，他给这个起个名，叫"祛寒娇耳汤"。

当然，这也是民间传说，具体的事，抄起来千八百年，谁知道呢？

饺子为什么叫饺子？

比如到天津，天津老太太到现在不说饺子，按天津方言说"交子"。

"你们家吃嘛？"

"吃'交子'。"

吃"交子"——其实这个饺子的正字就是"交子"。

为什么呢？大年三十儿半夜十二点天交子时，所以叫交子，念白了。

九河下梢天津卫，三道浮桥两道关。

两道关分别为钞关和盐关，是天津当年重要的财税部门，钞关原叫务关，由户部管理，设在河西务，是康熙四年（1665）迁到天津的，因在北门外，俗称北大关。过去海河东岸有大量存盐的盐坨，由盐关厅管理。

三道浮桥，浮桥是天津卫最早的桥梁，用船或浮箱代替桥墩，浮在水面承担交通功能。

钞关浮桥，燕王朱棣渡河之处，故名天津，当年他渡河的位置就是在钞关浮桥附近。康熙五十五年（1716），这里建成钞关浮桥。后来清光绪十四年（1888），在李鸿章的主持下，请英国人设计成为天津第一座西式浮桥，命名为"金华桥"，也是天津第一座悬臂式可开启式的西式铁浮桥。

窑洼浮桥，1903年，原木浮桥改建成双叶承梁式钢架桥，因为是钢结构，所以称为"金钢桥"。

盐关浮桥也叫东浮桥。始建于光绪三十二年（1906），由十三条木船连接形成。当时为了铺设从东浮桥到东站的有轨电车线路，盐关浮桥改建为永久性钢梁铁桥，也就是我们现在经常路过的金汤桥。在平津战役中，解放军在金汤桥上会师，故其成为象征天津解放的标志性建筑。

天津呢，是一个挺重要的地方。它往前走一步就是首都，离着北京很近。过去的天津，作为一个水旱码头很繁华，既通火车又通汽车又通轮船。

在这个状况下，天津人的吃可以说有上百年的历史。

天津有句话——"借钱吃海货，不算不会过"，也有人说成"当当吃海货，不算不会过"。

什么月份、什么季节该到吃什么鱼了：这个月 15 号到 28 号，要吃黄花鱼了；下个月的月初，我们要吃螃蟹了；几号到几号，吃什么什么鱼……这是天津人从小就会的。

所以说，到这天，哎呀，这个鱼下来了，比如，夏天一进伏了，我们要吃"鳎目鱼"，"鳎目鱼"是民间的俗称，学名就是比目鱼。那到这一天，说没钱买，那怎么办？去借，去当当啊。因为你这会儿不吃，过些日子它就没了。所以说，天津人嘴刁就刁在这儿。

包括吃面条，我到北京来这么些年，人家北京人吃面条是为了省事儿；天津人吃面条，那麻烦死了！

我们家要说明天中午吃面条，得今天中午十多个人开始忙活，准备着到明天中午才能吃上这顿面。光菜码就二三十样，而且春、夏、秋、冬四个季节，配面条的炒菜不一样啊！打卤面要配上四种炒菜，春、夏、秋、冬一共是四四一十六样。包括各种配的小菜，各种讲究，麻烦极了。

一般天津人聘闺女、娶儿媳妇的时候，中午那顿必须要吃面。也是因为家里人多，他才能帮着干活。也不是讲究，就是习俗问题呗！

说远了，说回饺子。

饺子是每家的吃法不一样。做法呢，有蒸的，有炸的，有煮的，也不一样。

我们家的年夜饭，就有浓郁的天津风格。年三十儿，家里一定要炒菜做饭，凉菜、热菜，这一大桌得铺满了。盘子上面摞着碗，碗上面摞着碟子，上下好几层，到最后吃饺子。

年三十儿这顿饺子一定吃肉的，一过了年三十儿十二点大年初一这会儿啊，要吃素馅的饺子。

用意就是这一年素素净净的，不犯小人，没有任何烦心的事。当然了，该打架也打架啊！美好的一个寓意，如此而已。

素馅麻烦，什么绿豆菜呀，什么香菜呀，就各种素菜吧，配在一起，用什么酱豆腐调的汁啊，芝麻酱澥的汁啊……就各种素的东西调在一起，那个馅儿调出来之后是粉红色的。有机会一定要尝尝天津人大年初一的这顿"五更"的素饺子，别有风味。而且我们也觉得好奇怪，平时你要包这饺子不是那个味儿，唯独大年初一，吃那个不一样，那个味儿很独特。

在我们家一般就是到这会儿要看着表，马上就十二点了，大年初一了，然后有孩子在外边开始放炮。炮一响，这锅水——煮饺子的水要提前把它烧开了，一直这么翻着，饺子包完搁边儿等着，什么时候那三针对立一块儿了，大年初一了，这饺子才往锅里下。

吃饺子，配上腊八蒜，这才算开始过年了。

年年年，又一年，萝卜白菜好香甜。身边挚友三五个，兜里茶酒六七钱。闲来山中观雪落，闷时涧下饮清泉。懒观红尘乱，得了千般利，不如片时闲。铁甲将军寒关渡，渴饮刀头血，睡卧马桥鞍，餐风宿水容颜变，饭也不周全。我不爱灵霄殿，我也不闻海龙涎。梅初绽，杏花天，潇潇细雨送春还，收拾纸笔过新年。

【拜年】

老的习俗来说，过年的时候要磕头拜年。

比如说对父母长辈啊，或者祖父母——爷爷、奶奶、姥姥、姥爷，反正只要是大辈的，按老规矩来说，跪那儿磕头拜年。

这是几千年来的传统礼节了，包括徒弟见师父，也"咕咚"磕一个，我给您拜年了，这个是有的。

我们家，从年三十儿这天拜年的人就不断，在北京的徒弟们就都来了。有的太远的，就提前上家里来，我也告诉他们别折腾了，大老远地来一趟。赶紧回家看看父母，忙一年了，跟家里父母在一块儿，这比什么都强。但是也拦不住他们上家来，来也挺好，有的都四十了，我也得准备小红包，大家一起很开心。

"十里不同风，隔河不下雨。"各处过年的风俗不一样。

你看，有的地儿年下不许说话，过年不许说话，得等大年初一。全家人憋着，从年三十儿起就不说话。全村人不说话，一直等到大年初一，到五更了，初一了，全村人："可憋死我了啊！"才开始说话。

还有的呢，就是初一早上起来，全村年轻人在一起，家家拜年。一进门，这屋有一大爷，那屋有老太太，所有人去了，"咕噔"就得跪下磕头。挺好，这是中国人的传统礼节，这个有点儿意思！

还有的风俗，你比如说，从年三十儿开始不许扫地，天津人就是这样，嗑的瓜子皮啊，什么水果皮啊，扔得满地都是，脏也不能扫，天津人说这是"财"。很多地方都这样，一直等到大年初一了才能扫。

还有的说，大年三十儿晚上灯不许关，到现在我们家都是这样，只要一到年三十儿了，所有灯全开开，得亮一宿。

民间传说，年三十儿晚上全神下界，所有的神仙都要下界，到民间来。什么降福啊，送吉祥啊，看着看着，你家里要是黑灯了，神仙可能就找不着了！所以说有不关灯的习俗。

【春晚】

春晚是咱们国家独有的一种艺术形式，好几十年了。

阖家欢的时候看一看电视台的春晚。

中央台的春晚，是全国最大的这么一个艺术形式的晚会，它挑演员一定是精挑细选。

这活不好来，众口难调。你说这盘饺子好吃不好吃？你端给别人吃，准有人说不爱吃。那就没有办法了。

没有任何一种艺术形式和一个演员能够被所有人都喜欢，那个不科学。

这只能说就合大部分人的口味，没有办法。所以说，其实春晚的工作人员也不容易。

好多年前，我跟于谦老师去过一次，确实感受到了现场那个紧张的状态。因为你的节目，你要考虑很多，并不是在你的小剧场，三百人；哪怕说在体育馆去演出，五千人、八千人就足够了。

春晚面对的人算起来十几亿，甚至加上海外几十亿人可能都在看。一定要考虑得周到一些，所以说不管是审查制度，还是演员自身的把握，都责任重大。

1983 年有了第一次电视春晚。其实历史上，要是这么捯的话，应该在宋朝那会儿就有了春晚。

那会儿是中国历史上的北宋，我们看资料，野史记载，当时是宋太宗赵光义，太祖是赵匡胤，是他哥哥，他是第二个皇上。他和后来常说的八贤王赵德芳，还有大臣寇准，当然在演艺小说里边说双天官寇准，八王爷赵德芳，反正是这君臣三个人，他们定下来了：年下，咱们文武群臣在金銮殿上，来一个大联欢。

大臣们一个个都得捯饬得干干净净、漂漂亮亮的，上这儿来咱们一块儿喝酒、聊天、吟诗、答对，来庆祝新年，可以表演个小节目。所以说，这应该是春晚的头一届。

春晚的意义就在于通过一台晚会，连海内再海外，所有华人的心聚集在一起。大家有这么一个晚会在看着，全家人在一块儿，哪怕你这边儿包着饺子，那边儿开着电视，就这种喜庆祥和的气氛，带给你的，我觉得已经不是其他形式所能够给予的了。很好，很开心！

春晚的节目我都很喜欢，歌舞也好，戏曲联唱也好，相声小品，什么都挺好！晚会是一个整台的东西，不是单独能切开来说的。

谈古论今说春晚，有人欢喜有人烦。

艺术从来无高下，人间正道是卖钱。

【开箱封箱】

再早我不太清楚，但是中国相声界，应该近几十年吧，要说封箱，是从德云社开始的。

因为我之前唱过戏，戏班每年的最后一场要封箱，就是唱戏的，今年最后一场戏了，把服装道具装在箱子里，贴上封条，我们今年不唱了，这叫封箱。转年再开演，再打开，再拿出东西来，那叫开箱。这就是封箱和开箱。

有的业务特别火的剧团，大年三十儿封箱，但因为观众就爱看，你必须得唱，年三十儿还在唱，唱完封上箱，转天大年初一又开箱了。

封箱开箱其实考验这一个剧团的业务能力，都没人看，你封什么箱啊？对吧？所以说，我是因为唱过戏，我把唱戏的这个形式，挪到相声界里来了。

花千树，酒一杯。春安夏泰，秋吉冬祥。江山澄气象，冰雪净聪明。燕雀应思壮志，梅兰珍重年华。行止无愧天地，褒贬自有千秋。又见一年芳草绿，依旧十里杏花红。桃符更新正气驱邪气，春光伊始来年胜昨年。

06 爱情：别掀开那块魔术布

喝酒不醉是喝得少，见色不迷是摸不着。

没有人不想要爱情，但却也没有一个最好的爱情模式，因为每个人不一样，每个人追求的东西也不一样。我老说，爱情其实就跟变魔术是一样的，你千万别把那块魔术布给掀开。

【古代爱情故事】

古往今来，人躲不开"爱情"这两个字。

梁山伯、祝英台，孟姜女、范喜良。

孟姜女的故事是一个悲剧。

秦始皇东填大海、西建阿房、南修五岭、北造长城。造长城是为了抵御外族的入侵，于是，需要十万民夫前去修建。其中就有一个叫范杞梁的，也有说叫范喜良的。

范喜良不想去修建长城，他就跑，恰巧跑到孟姜女的家里面去，就看到孟姜女正跟家里水池边上扑蝴蝶呢！一扑蝴蝶呢，蝴蝶跑了，扇子掉在水里边了。于是，她就撸胳膊挽袖子去捡扇子。这个胳膊就被范喜良看见了，看见了孟姜女的胳膊，于是，他们俩就结婚了。

为什么呢？因为过去有这么句话：沾衣裸袖，便为失节。我看见你的胳膊了，你就是我的人了。

所以说，他们俩必须要结婚。结婚之后，范喜良被抓走了当了民夫。再后来，就死在长城脚下。孟姜女千里送寒衣，到那儿发现丈夫死了，就跟着哭。因为不知道尸体在哪儿，她就在长城边开始哭，哭完之后，长城倒了。

当时，民夫有死的就随便埋在城墙下面，孟姜女哭倒的这段城墙里，露出她丈夫的尸骨来。

后来秦始皇听说这消息说，哎呀，太让人感动了，把孟姜女叫来吧！但是孟姜女说：我不去见你！

她抱着丈夫的尸骨，投入大海死掉了。

梁山伯和祝英台其实也很惨，杜十娘的故事也很凄惨。

杜十娘是当时的京都名妓，十娘是在烟花院里的排行，一娘二娘三娘四娘五娘六娘……她排行第十，姓杜。

杜十娘遇到了李甲，李甲是一个念书的秀才，家里是做官的，父亲是布政使，他是他们家的三公子。李甲来赶考，一个偶然机会，遇见杜十娘，觉得她很漂亮，要为她赎身从良，带着她离开京都。

在回家路上，其实李甲还是很难过：想我这个身份，官家子弟，爸爸又是做官的，我带着这么个烟花女子……

船停在瓜洲渡口，碰到了一个安徽来的盐商，叫孙富。孙富跟李甲交朋友，最后说了，我拿千两银子买杜十娘，这才导致最后杜十娘怒沉百宝箱。是一个很凄惨的故事。

幸福一点儿的爱情故事要数猪八戒和嫦娥了，虽然说没在一起，但猪八戒一直爱着嫦娥。这些故事口耳相传，真真假假，假假真真。但是不管怎么说，从古至今，它说了一个道理，就是咱们现在说的，门当户对才能幸福。

【说说门当户对】

我曾经说过，我举这例子可能不恰当。

就说世界首富的女儿嫁给了某说相声的儿子，这俩亲家坐在一块儿，就算都能说普通话，聊的也不是一回事儿。

世界首富想的是怎么把那个钻石啊，什么石油啊，咱们弄过来。说相声这边的亲家觉着，怎么能把今儿这饭打包啊……这个状态下，这两家幸福不了。

那"门当户对"这个词是从什么时候开始有的呢？

其实从很早以前就有这个词，门当户对，两家是一样的身份、一样的品位。最起码在本地来说，两家是平等身份。这样呢，没有谁看不起谁。这个特别重要。

有一年春节，我有一朋友，做生意的，特别趁钱。

他跟我说："我今年春节特别感慨！"

我说："你为什么感慨？"

他说："交朋友一定就是，我趁十块钱，我也得找趁十块钱的人交朋友，要不然在一块儿待着不愉快。"

我说："你怎么说这话呢？"

他说:"我今年春节的时候,跟我小学同学玩儿,真是聊不到一块儿去,因为状态不同。这一中午,我们这一桌人,一桌小学同学只谈论一个话题,就是下一顿饭能讹谁来请。晚上还要去吃,这个说晚饭必须你花钱;那个说不要,要他花钱。这一顿饭的时间,所有人谈论的都是咱们要强迫谁把下一顿饭请了。我如坐针毡。"

可是呢,在那些人眼里边,人家觉得他装什么装啊!不就比我们多趁个几千万倍吗,是不是?这样就没法儿活到一起了。

结婚过日子更是如此,要门当户对。

家住山根下,闪却繁华。写几张附庸风雅避邪的字,画两笔书生美女似钟馗把妖拿。排开了黑白棋子分上下,猛抬头,一面琵琶墙上挂,可惜我弹不动它。知己不必多,仨或俩,对坐松林下,吹牛不上税,唤了声侍儿捧酒童子煎茶。青山绿水堪如画,快乐似仙家。细雨霏霏,牛毛下,地下滑。自己摔自己爬,若要别人拉一把,酒换酒茶换茶。画上的马难骑跨,冰里的鱼,钻石的钩儿也钓不上它,得拿大榔头砸。竹篮子打酒,镜子里摘花,梦中人怎么能留住他。高楼无梯难上下,水中望月把眼瞎。步苍苔,转过葡萄架。见小丫鬟,金莲顿，把腰叉，半真半假把人骂，挑着柳眉闲嗑牙。偷偷笑，没敢答，谁知道她骂的哪个冤家。望天涯，雨儿停了罢，淋湿了衣服怎么回家。黄金有价人无价，感冒发烧还得打针吃药拜菩萨。观见那柳荫下，茅屋草舍多幽雅。携琴访友，无拘无束无牵挂。秋风儿起，秋景儿佳。白云片片迷雁影，金风阵阵点芦花。满江风浪磨残月，遥望浪淘沙。夜雨江湖凄凉泪，断肠耿耿几人答？独身秋江里，渔灯冷对明月挂，山水作生涯。罢罢罢！

【爱情模式】

没有一个最好的爱情模式，因为每个人不一样，每个人追求的东西也不一样。有的人追求，比如就得必须找一个富可敌国的人，我想花钱你就给我扔，十张卡都扔脸上，想买什么买什么，你也不用看见我；有的人就觉得，下班俩人一块儿出去买个菜，回来弄一咸菜，做个汤，俩人就好幸福了。

每个人的追求不一样，所以没有一定之规，没有标准答案。

单身的其实并不可怜，因为他很满意这个状态，否则的话，他早就去找合适的在一起了。能够单身，就是他有自己的事情。

好的爱情是什么样的呢？

我举一个例子，我老说，爱情其实就跟变魔术是一样的，一个演员，在台上他有一个桌子，然后变出一朵花来，变出两束火苗，变出一只飞的鸽子……为什么呢？就是因为那个桌子上盖着块儿布，这个布掀开了，桌子上有各种的消息、埋伏、窟窿眼儿，东西都在里边藏着。你要想把日子过得好，你就记住了，你要尽心尽力地把布弄得平整一些，而不是非要把这个布掀开、板拆开、桌子弄碎了，非看看它的真实情况。

你是不是想好？你还是不想好？想好就尽心地去把这个事情做平、做完整，其实这就是好的婚姻和家庭。

07 戏迷：认真你就输了

戏迷和演员，艺人和观众之间说到最后就是个感情问题。

观众要是认可，什么叫没板凉调忘词错戏，根本就不叫事，照样鼓掌。观众要是不爱看你啊，什么叫字正腔圆表演完美，根本就没用，照样让你滚蛋。所以，这是个心理学的话题。

人活一世不容易。网上有句话，认真你就输了，这句话对戏迷和演员都适用。

【戏迷论】

有一等戏迷，条件出众见过高人，懂得多会得多。专业技能超强，连唱戏的名角儿也得向人家求艺。如红豆馆主、刘增复、朱家溍诸位先生，便是此等神仙。这个档次的戏迷，从清末至今过不去五位。

有一等戏迷，谁都听谁都捧，古道热肠满腔仁爱。南上北下，花钱受累。不太懂但也不胡说。遮风挡雨，拿演员当亲人，艺术的好与坏已经不太重要，更多体现的是心情。有这种观众，是艺人的幸福，他们是艺人的仁义知己。

有一等戏迷，可以听也可以不听。赶上了就看看，进园子也大声叫好，出了门可能三年不看戏。体现的是散淡逍遥状态。曲艺、戏曲、电影、摔跤、耍猴、盖房，都能看。梅兰芳、侯宝林、柴可夫斯基、大刀王五、卖切糕的老李全能接受。有角儿看看也成，没事喝酒聊天更好。正所谓淡淡如水人情在，不为看戏争死活。这种观众，活得轻松。

有一等戏迷，只迷某艺人。粉身碎骨在所不辞，豁出一切也要捧角儿，除了他爱的这位，其他的艺人必须枪毙，并且不许留骨灰。

有一等戏迷，听过戏但没听明白，最怕的就是不被人认可。特别喜欢学习别人诋毁艺人的词语。张三说的他记住，李四说的也记住。然后人云亦云地点评艺人，以示自己是内行。这一类英雄网上居多，处理方法就是断电。

有一等戏迷，已经可以跟着乐队唱两段了。其中一部分是自娱自乐陶冶性情，另一部分则是身在起跑线心在领奖台，处处以专业自居，若再认识某演员，那就更是飞起来咬人，天底下搁不住他了。

有一等戏迷，人数不多，但威猛无穷。开始是热心观众，到后来使命感呼唤自己，于是要为艺术献身，便突破自身的局限，来为一个陌生的行业指点迷津。这些位好心人，北京有三十多人，天津差不多二十多人，其他地区含海外估计十多人。这些人听过几段少见的录音，拥有两张民国的唱片，认识几位业内人士，这都是足以向外炫耀的资本。如果再知道一些业内传闻，那就百尺高竿又一进了。详细地询问，仔细地思考，并且不断完善，然后很不屑地对外谈起。言语中，有痛心疾首，有欲言又止，但更多体现的是自己对这个行业的了解。几番倾诉，几许惆怅，搓热了手串，顿绽了布鞋（注：要手纳底的）。言语中充满了对传统艺术的热爱，眼神中渗透着对活着的演员的厌恶。活着的不如死的，死得晚的不如死得早的。倘若要翻出一张二三十年代的无名艺人的老唱片，那算行了，几滴眼泪缓缓地流下，鼻翼轻轻地扇动，伴随着嘶哑的唱片声，他的咽喉哽咽着，脸上不易察觉地抽搐了两下，整个人空灵缥缈。此时的他，必须要恶狠狠地痛斥几句在世的业内最红的艺人，唯有这样才能舒缓一下情绪。但其实这些位并不偏激，很多时候骂人是因为够不上。和他对面而坐，不用重新沏茶，兑上碗热的便好，交谈数语，拍拍肩膀，可以了，他是你的人了。

其实，艺人和观众之间说到最后就是个感情问题。观众要是认可，什么叫没板凉调忘词错戏，根本就不叫事，照样鼓掌。观众要是不爱看你啊，什么叫字正腔圆表演完美，根本就没用，照样让你滚蛋。所以，这是个心理学的话题。

人活一世不容易。谁也不能阻止谁，谁也不能改变谁。各有各的活法。开心就好。每当看到有些人点评艺术，我觉得我就是李时珍，还得采好多的药。

【谁都可以批评艺术】

曾为某电视台录制京剧《四郎探母》，我饰四郎，审查后云严禁播出，因六郎穿白蟒袍，不符合节日气氛。另有一段相声亦告问斩，因西装色深，不符合节日气氛。我叹口气：负责审查的是批发衣服的吧？

作艺的难啊，谁都可以批评，因为没有成本没有后果。比如唱戏，有的观众得把人挤对死。

我能卖票？不叫玩意儿。

观众认可？一帮混蛋。

专家夸奖？值一嘴巴。

老艺术家认可并且同台合作？

坏了，连老艺术家的祖宗八辈都给骂了。他昨天还跪在收音机前夸人家好呢，今天就翻脸了。逢这种人怎么办呢，也别还嘴也别生气。就跟上厕所没带纸似的，晾着它，慢慢地就干了。

【外行内行】

唱戏的看谁都是外行，说相声的看谁都是烙饼。

吃外行、看谁都外行。逮谁骂谁，急了连自己都骂。

外行吃燕窝，内行吃银耳。

先说说燕窝，燕窝之所以价格很高主要有两个原因：一是唐朝中期，燕窝作为海外奇珍上贡中原朝廷，由于燕窝本身略带腥味、淡而无味，就算再好的御厨也对燕窝无能为力。为了不受牵连，御厨只好对皇帝大夸吃燕窝的好处，如：吃了燕窝可以延年益寿，能补肾健胃，怎么好就怎么夸。这样一来，皇帝龙颜大悦，也就真觉得燕窝是个好东西，从此燕窝"咸鱼翻身"，直接变成了皇家必备菜肴。燕窝因此也被达官豪门等上层人士所推崇，所以才有现在燕窝的高地位，但实际上燕窝并没有特别高的营养价值与功效。二是因为燕窝至今只能依靠燕子来生产，效率是极低的，因为稀有，大家又热衷于购买，所以价格才会虚高。从成分上来分析，燕窝是具有一定的营养价值，但与其昂贵的价格是不相称的。

再来说说银耳，民间有句俗话"富人吃燕窝，百姓吃银耳"，这句话的意思就是说银耳的营养功效可以媲美燕窝，而且价格不贵，老百姓都吃得起。现在市面上很多银耳比较便宜但很粗糙，营养价值自然比不上燕窝，但是优质银耳如金燕耳是可以的。另外，燕窝是动物性胶原蛋白，银耳是植物性胶原蛋白，植物性胶原蛋白相比动物性胶原蛋白更易于人体吸收。

外行吃人参，内行吃黄芪。

人参为大补元气之品，补气力量大，疗效快，却容易上火。临床上多用来治疗大病或久病，或血脱致气脱而出现短气神疲、周身乏力、肢冷、汗出而多、脉微欲绝等症。黄芪补气，力量比较小，起效缓慢渐渐增加，不容易胸闷上火。好的人参一斤要上千元，而黄芪只要几十块钱一斤，吃起来不心疼，重要的是效果并不输人参。

补肾，外行吃鹿茸，内行吃韭菜。

听相声，外行听郭德纲。内行？哪有内行啊。

【雅俗共赏】

相声源于民间，艺术源于生活。所谓俗，乃世间真实存在。作家可以写，电影可以拍，为何相声不可以说？《红楼梦》里有性描写，是否低俗？荣获茅盾文学奖的《白鹿原》，开篇即"白嘉轩后来引以为豪壮的是娶了七房女人……"，然后便整章详述，间或性描写。是否也俗？

荣获奥斯卡的《无间风云》有大量的床戏，是否低俗？王家卫赢得荣誉之《春光乍泄》，多裸露情节，是否低俗？与相声统属草根文化之评书，亦有不少此类描写，比如《三言二拍》。此乃传世之作也，是否低俗？

在西方国家，上至总统，下到百姓，都可以作为文艺作品取笑的对象。好莱坞从来就"刑上大夫，礼下庶人"，只有宗教方面有所禁忌，而大人物绝对是讽刺挖苦的重点。迈克·摩尔的金棕榈影片《华氏911》里，布什的形象被"丑化"得不成样子。西恩·潘得了奥斯卡最佳男主角，照例不忘讽刺布什的"战争谎言"。只要故事需要，情节需要，不必避讳。且看处理是否得当。太露骨，便是黄色书刊；处理妥当，就是名著。

看京剧时常想，《审头刺汤》有句词：婊子下的汤老爷，《黄金台》有谁是你爸爸？我是你爸爸！《定军山》有夏侯渊我的儿！《遇龙酒馆》有何为姑表亲？他是姑子生的我是婊子养的。这些词要是从说相声的嘴里说出来，是不是全世界都得骂我俗呢？

无淤泥焉有荷花？俗人要雅能雅死人，雅人要俗能俗出屎。能不指责别人俗方为雅，必称赞自己雅定是俗。何为雅？何为俗？真明白吗？真有必要吗？真有意思吗？其实就是闲得。富贵近俗，贫贱近雅。富贵而俗者比比皆是，贫贱而雅者万里难寻。俗中带雅方能处世，雅中带俗必定发财。

一个俗人，俗不是贬义，更不是恶名或罪过那种。小人物的喜怒哀乐才是最神圣的，这是现代性的重要标志之一。雅与俗并不矛盾，人们在闲暇的时候不会唱《高山流水》，大多数都是下里巴人，你见过哪个农民在地里干活唱《我的太阳》。

天静风回树梢低垂，俊鸟啼花挡不住飞鸿点点追。浅浅淡淡山峦叠翠，烟锁重楼，金风秋雨胭脂醉。光阴荏苒，一岁添一岁。自拿壶自满杯，一杯酒半杯泪。流泪流泪因何流泪？

吃亏吃亏怎样吃亏？闷悠悠沉沉睡，风刮瓶子罐子叮当响，闹得人好伤悲，我砸他个粉粉碎。圣人云：不让午睡好崩溃。我云：圣人说得对。

【何必认真】

友人说：看了你带孩子们演的《孔圣人吃元宵》，觉得有侮辱圣贤之意，可称大不敬。内心充满了无比的愤慨！

我笑了：曾有种说法，齐鲁夹谷之会，齐人使优施舞于鲁君之幕下，孔子曰："笑君者，罪当死！"使司马行法焉，手足异门而出。

关于历史上齐鲁夹谷之会，《史记·鲁周公世家》《齐太公世家》《左传·定公十年》都有记载。有说此为艺人与圣人结仇之故，细思其实牵强。

1942 年，相声大师马三立先生在济南演出，当地县长、警察局长陪孔夫子的七十七代孙，袭封贤圣公的孔德成观看了此段相声。演出后的马先生诚惶诚恐，小圣人却满面含春不住称赞。雅量是宽宏气度和广阔胸襟的融合，是厚重修养和高尚品格的体现，这一点，孔德成先生值得称赞。

友人怔了片刻：那我？

我：您思考得太深邃了。也就是说想太多了。

友人：可我就是心里堵得慌。

我：曾有伟人说过，戏乃戏也何必认真？相声也如是。

友人：不理解。

我：曹操是军事家，京剧舞台上被抹成白脸奸臣，人家家属说啥了？川剧《丑赐马》中以丑扮关公，纸衣纸帽光脚穿草鞋，之后抢胡豆光上身跑下，也没耽误关二爷成神啊！众多相声名家都说过《黄鹤楼》，模仿诸葛亮戴孝帽子胡唱，也从来没人觉得侮辱孔明先生。

08 行话：各行各业的黑话，你能听懂多少？

　　江湖黑话，我们行内也管它叫作"春典"，是一种社会隐语，各行各业都有。

　　一行有一行的黑话，一代人也有一代人的黑话，有些还在用，有些已经快消失了，但又会有新的黑话冒出来。

【江湖黑话】

《智取威虎山》，大家都看过这个，天王盖地虎，宝塔镇河妖——这是威虎山土匪们说的黑话。但其实说这是黑话也并不准确，他只是把这个念白了。

实际上，江湖黑话，我们行内也管它叫作"春典"，是一种社会隐语，隐蔽的语言的意思。也念白了，说是江湖黑话。

过去，不光是土匪，各行各业都有一些应用到的春典，就是这种隐语行话。

比如说，有一种职业——保镖。保镖在清朝、民国时，那会儿来说就是武装押运，你有什么东西送过来，人家给你装好了，从北京运到张家口、运到成都，不管运到哪儿，说好这一趟镖多少多少钱，人家保证把你的东西毫发无损地送到那地方去，然后再收取相应的佣金，这叫保镖。

保镖很危险，因为在当年，路上为什么要保镖？肯定是地面不太平，有土匪、劫道的、山贼，所以说需要有保镖。在这个过程当中，保镖就一定会用到江湖语言。

过去说有"明镖""暗镖""子孙镖",相声不是有"倭瓜镖"吗?

为什么会这样呢?"明镖"就是保镖的人能力大,只要一提我的名字,这一路上所有的土匪什么的不敢劫。一定大张旗鼓地喊"我们来了,我们来了",怎么怎么样。"暗镖"就是化了装,偷偷摸摸地把东西送过去,所以,在这过程当中,有些个隐语在行业里是必需的。

比如,保镖的人称呼自己"唱戏的",唱戏的有时候抹个黑脸,有时候抹个白脸,有时候抹个红脸,有时候是杀人放火的,有时候又是侠客义士,他一个人扮演不同的人物,粉墨人生,什么事情都有。所以,隐语行话用得就特别合适。

【道个蔓儿】

　　说保镖离你们太遥远，提到演艺圈，可能有的词你们就熟悉了。

　　我们经常说，来了某个演员，这是来了一个"大蔓儿"。"大蔓儿"不能说是黑话，只能说是社会隐语，江湖春典。

　　知名度高的艺人叫"大蔓儿"。我们经常看到，有人写的时候把"蔓"写成"腕"，"大腕儿"。

　　这个是错误的！他们的意思，就好像这个人知名度高，他一定有很大的手腕，这是错的，应该是"蔓"。我在山东，你在山西，你竟然知道我的名字了，我的名字像花蔓似的，传到你们那儿去了。

　　在过去来说，旧社会时，江湖上的人碰面了，不管是作艺的，还是绿林中人，他一定会问你："道个蔓儿。"就是"你贵姓啊？""你是哪个蔓儿的？"，就是"你姓什么"。

　　这个有很多，比如说姓郭的叫"生铁蔓儿"，"蔓儿"前边加的那个是你姓什么，"郭"过去就是生铁，铁锅，借这个隐语，"生铁蔓儿"就是姓郭的；姓杨的叫"咩咩蔓儿"，羊怎么叫——咩；姓王的是"虎头蔓儿"，因为老虎的脑袋上有个王字。其实都是一个谐音，一个意思上的翻译，这样的很多。这就是江湖上的隐语。

【相声行话】

相声也有相声的行话。

比如说台上演员抻的时间太长了，后台告诉他"马前"，就是"你快一点儿啊"。但有的人演着演着，后台应该接场，演员没到，我们也会说句"马后"，就是你再抻着点儿，把时间再抻长点儿。

说书的、唱戏的、唱大鼓的、说相声的都用，这是通用的。

比如"吃栗子"，就是语言类的艺术表现形式里，经常会用到的一句话，有的时候唱戏的也说。演员台上打一磕巴，这叫"吃一栗子"。这道上应该很顺，突然间噎了一下，就好像吃了个栗子似的。有的时候没有"吃栗子"动静大，但是也"啵"一下，我们说"好，吃了个豆"，就是比栗子小一点儿。

这是我们的专业用语。

有的可能你们知道，比如"皮儿薄"。吃一个包子，包子的皮儿薄，那么你会马上吃到馅儿。这段相声皮儿薄，形容就像包子一样，不那么复杂，观众一听就笑了，皮儿薄馅儿大。

　　说这个节目皮儿厚，那就说明包袱藏得里三层外三层，观众也未必觉得多开心，这叫皮儿厚。

【要钱黑话】

行话"杵门子"，其实特别简单的一个词就能给解释清楚，就是"要钱"。

相声也好，过去的艺人也好，在街上演出，那会儿不卖票，不像现在到剧场来看德云社、看郭德纲，买张票你坐着就看。旧社会的时候，艺人很穷苦，都在街上站着演出。在街上呢，我站在这儿说相声会围一大圈人。在一些电视剧、老电影里也有这种镜头，这个情况下，你站在那儿，我怎么就能把你口袋里的钱说到我这儿来？需要一个技术手段。这个技术手段，在我们行业里叫"杵门子"。

"杵门子"分几种状态。站这儿开始说了，连说再唱把人都聚齐了，已经差不多了，该要钱的时候了，艺人会有几种状态：

一种是说得特别地仁义，"脚踏生地，眼望生人，城墙高万丈，全靠朋友帮。我们哥儿几个在这儿也不容易，好比您家里养了小鸟、小猫，逗您哈哈一乐。您呢，兜里有富余的，您给扔仨瓜俩枣的，对您来说不叫多，不是别人有您没有，一掏兜就有了。拿您的钱，我们吃饱了饭，端起粥碗来给念您个好处"。有那个仁义君子，听完好感动，就给钱了。

还有的人不爱给钱，艺人可能有的时候说话就会说得比较难听一点儿，"你看今天这碰见的都不错的老少爷们儿来听我们相声来，来捧我们哥儿几个。当然了，有的人差不多不爱听了，他要走。走也没事儿，你往后一走，你把你那块儿撞一大窟窿，好多人跟你一块儿往后走。我们就好比刚端起粥碗要喝，你给扔了把沙子，这碗你也端不走，我还饿死了，你于心何忍"。

还有更恶劣的，"今天应该这边要走，我们不拦着，这是家里有丧事，他得回家办丧事，他爸爸死了；那边要走我们也不拦着，家里面灭门了，就差他一个回去送死去了；你看，这边还有，哎呀，这边热闹，这边有一位，这位先生的太太不太守规矩。那么说，是谁呢？我现在不能告诉你，待会儿他就走，他走了，我就告诉你他是谁"。

所以，"杵门子"就是一种要钱的技术手段。

【黑话遮丑】

过去说到春典行话，还有一笑话。说相声的张三李四到另一个说相声的家里去，俩人一看这家老婆长得不好看。这俩人就说了："你看她怎么样？""念嘬。"

"念嘬"是"丑"的意思，张三和李四看人家老婆"念嘬"，他俩就走了。

等那人回家来了，他老婆说："你们这说相声的说人话不说？"

"怎么不说人话呢？"

"你来俩朋友，也是说相声的，说看我'念嘬'，什么意思？"

他又不好意思说他们说你丑，就骗老婆说："你好看，漂亮！我们这行的行话，漂亮就是'念嘬'。"

【网络黑话】

现在我看网络上也好，小孩们也好，有时也说一些新的术语言语。

像"打 call"，其实就是相当于听相声叫好的"噫"——捧场，为这个人加油打气。

"裸奔"是匿名评论。我倒是不讨厌微博的匿名评论，因为我把评论关了。我管你是穿着棉袄来的还是光着来的。

"吃鸡"是大吉大利的意思，从游戏的英文引申过来的—— winner winner chicken dinner。

【隐语行话】

春典，有人把它称之为江湖黑话。其实不像一些人说的那么不堪，它就是个技术用语。在我们现在的日常生活中，其实每一个工作都有隐语，比较方便工作。

比如现在，据说旅游团也有自己的隐语行话，有独特的行业用语。

我就听他们讲过，说今带着团呢，带什么团，带一"大饼团"。"大饼团"，或者简称叫"饼团"，就说这个团没有购买力，老头儿老太太们兜里揣着大饼，拿大饼当主食，跟着你旅游去。你让他们买东西，他们不会花钱的。所以，今天运气不好，带了个"大饼团"。

这是现在新兴的行话。

古玩行，上当受骗的行话叫"吃药"，也有叫"吃仙丹"的。"你上当了吗？"就是"你吃药了吗？"，类似这个有很多。

卖茶叶的卖中药的卖翡翠的，各个行业都有行话。

再比如厨师行业。

味精是饮食行业常用的原料，在过去，厨师称它为"师父"，其含义是徒弟做菜时技艺不及师父，口味抓不准，若加点味精，菜肴味鲜就好吃些。

口碱叫"秦琼"，这是传说隋唐时秦琼脸是黄的，在做包子时，如果说少放些"秦琼"，白案师傅就知道少放些碱，放多了，包子会发黄。

酱油被称为"黑水"，为了避免做菜时颜色太深，就说少放些"黑水"。

后厨里手忙脚乱的，为方便沟通，厨师之间用行话几个字儿就能把事说明白了。比如行话：骰子丁——呈四方形，有1厘米见方，也有1.5厘米见方的。象眼块——两头尖、中间宽，一般是4厘米长、中间宽1.5厘米、厚1.5厘米，斜度2.5厘米。其大小可根据主料、盛器的大小酌情而定。简单地说有些类似菱形，似大象的眼睛。

工作中用技术用语比较方便，所以不能简单地就把春典斥之为封建糟粕，它只是江湖人生存的一种技巧，很多人执意地贬低江湖，那么江湖是什么？

三江五湖，汉语成语，是对江河湖泊的泛称，出自《尸子》。尸佼是战国时期著名的政治家、杂家、思想家，是商鞅的老师，先秦诸子百家之一，《尸子》是先秦杂家著作。

江湖，古代春秋时期道家哲学发明用词，在中国文化中有多重引申含义。江湖的本义是指广阔的江河、湖泊，后衍生出"天下"的意思，与河流、湖泊就没有关系了，此词最早见于《庄子·大宗师》："相濡以沫，不如相忘于江湖。"后来也泛指古时不受当权者控制指挥和法律约束而适性所为的社会环境。因此，"江湖"一词逐渐演变成较为多面或特定的用语。江湖就是天下，就是世界。

09 命运恩怨：都在谈笑间

为人处世，行走江湖。难免遭遇恩怨，难免感叹命运。

能忘记的不是恩，能宽容的不是仇。恩仇代表是非。

争到是运，争不到是命。是你的，就是你的；不是你的，永远都不会是你的。

【恩怨分明】

　　恩怨是一个人在社会中避免不了的一个词语，如果说有人彻底地抛弃了恩怨，不计较过去的所有事情，我只能说这个人的表面功夫做得太好了。

　　也许有人真的可以做到，但肯定不是我们在生活中可以碰到的。

　　有个朋友问：你怎么看疾恶如仇和睚眦必报？我笑了：这两者是一回事，关键看你站哪头了。

　　彼之蜜糖我之砒霜，对你是恩重如山，对我是不共戴天。我没要求你像我似的恨他，因为他没害你。你别要求我像你似的爱他，因为他没疼我。恩与仇是甲和乙的事，而丙为了某种利益硬要冲进来参与，则根本上玷污了恩仇的纯洁性。

　　能忘记的不是恩，能宽容的不是仇。恩仇代表是非。一个人连起码的恩怨都分不清，那活着也是死了。

　　为恶扬名，必逞其势；为贼鸣冤，必受其脏。为奸不平，必得其利；为犬声威，必为其朋。

　　当某些人不明就里，只是从他的角度卖弄似的劝你大度时，记住，第一他不是你的自己人；第二要离他站得远些，因为打雷时会被连累。

望红尘何得见英雄气概，也无非胭脂水粉几笔遮盖。夜雨江湖烟蒙山寨，烫几盅黄酒，拍两条萝卜当菜。哆了哆嗦，夹凉粉用象牙筷，醉笑迷茫说声哇，这人生不赖……

【争运认命】

命和运是两回事。

比如一碗饭，无非是吃和不吃两个结局。吃了之后，经过消化被排泄在厕所，这就是命。没吃的那碗，得以摆在厨房，这就是运。但摆久了，饭会馊、会长毛，最后扔在厕所。还是命的事。

有得必有失，有失必有得。聪明人得福多，得祸也不少。拙笨者循理安分，似无大福，但也不致有大祸。人生不论贵贱，一日有一日的事。饱食暖衣，风雨不着，便是好结果。

晋朝美女羊献容，嫁与晋惠帝为皇后。不久，爆发了八王之乱。羊献容五次被废掉皇后，六次被重立为皇后。晋朝灭亡，匈奴汗国抢走羊献容，她又一次被立为皇后。这个故事告诉我们，是你的就是你的，谁也夺不走，天下事就是这个样子。

1949 年，在张学良府上工作过的李振海先生，妻子去世留下四个孩子。李先生续娶了名叫张洗非的女人，一家人生活在沈阳。1951 年，梅兰芳先生途经沈阳，张洗非前去拜访。见面后，梅先生四处奔走，终于解决了张洗非的工作。张洗非在 1915 年，曾协助蔡锷逃出北京。那年，她叫小凤仙。名花蒙尘，由命不由人。

人这辈子不容易，好与坏全在一瞬间。

澳洲演出方沈先生，他外公为上海豪富，床底下全是金条，后因赌博全部输掉。有一天他外婆一掀床底下，一根金条都没有，金条呢？打牌输掉了，输掉了就输掉了吧。没过多久，"三反""五反"时，外公因赌博被抓，同时赌博者或杀或判，唯独他老人家被释放。因为那些参与赌博的人出老千骗他的金条，他算受害者……

有位唱大鼓的名家在外面演出，演出挣了钱就往老家寄，写信叮嘱家人用这些钱买一套房。结果家人造假房契给他看，把钱都花了，吃喝嫖赌。演完回家，一分钱也没捞着，房也不是他的。没过多久，"三反""五反"，由于他没有房，不是地主，倒少受不少罪。

大衍之数五十，留一线与人争。争到是运，争不到是命。

是你的，就是你的；不是你的，永远都不会是你的。命中就是只蛤蟆，非要剁下一条腿充金蟾，谁疼谁知道。

【在人不在事】

赌场是很容易让人感叹命运的地方。

好多人都说赌场怎么怎么万恶。刨去了赌场是门生意这点，我们单说这些赌博的人，确实很多人倾家荡产跳楼自尽，但实际上是他们自身的原因。

你看澳门很多老太太，早晨起来到赌场去玩儿两把，挣一点儿零钱出来买杯咖啡，买点菜，回家过日子。也很好，这就是小赌怡情啊。

大赌可就要命了，但是这个重点还是在人。你比如说到游乐场，有什么太空飞船、激流勇进，你非得把家里房子卖了，带着八百万现金到游乐场就要玩太空飞船，每天玩二十四小时，最后死在上头了，我们能说游乐场是害人的场所吗？跟人家有什么关系？那不是你自己要花钱找死吗？

你找一个饭馆儿，非要买八万块钱的馒头，并且一顿非要吃了，那你一定会撑死，我们能说是饭馆的原因吗？

就算没有赌场，咱们玩石头剪子布，输了一把十万块钱，你身家几千万，有一天工夫也可以全都输在石头剪子布上。

归根结底一句话，不赌博，你也有别的办法去浪费生命，跟赌场有什么关系？

　　杨妃魂断马嵬祸，出塞昭君恨更多。

　　哪如河婆牛背稳，笛声吹乐太平歌。

【一语成谶】

命运最让人感叹之处就是不可捉摸。

我有一友，叫东子。极热情，酷爱饮酒。饮必醉，醉必吐。曾有人戏言：你就喝吧，你肯定活不过四十岁。

东子酷爱天津某老艺人的相声，总想拜师。老艺人也不说行，也不说不行，反正老有让东子花钱的道。东子去其家串门，钱包掉厕所了。再回来找，老艺人不承认了。东子大哭。

东子去世那天是2009年5月26日，是四十岁的最后一天，转天是他的生日。终归没有活过四十岁。

还有一个朋友老曹，1997年那会儿一起共事。饭桌上，我看他满面红光，耳垂极大，赞叹道：您真是福相，这大耳垂看着就长寿。

老曹正色：我不信这个，这都是封建迷信。什么耳垂不耳垂，没准今晚我就死了呢。

转天得消息，老曹夜里猝死了。

月落星稀，名利人睡不熟。热闹场中花似锦，奔走在江湖。我门前无车马喧，唯有松鹤鹿，强如羊伴虎，侥幸知足。盖世英雄今何在，沧海桑田也迷途。掩柴扉、偎泥炉，且饮酒、自读书。养三四条化龙鲤，种一两根凤尾竹。醉眼不识红尘路，"平安"二字便是我的福。

10 聊史：时间冲淡历史，留下皆是故事

可能因为说书的关系，我喜欢读历史也喜欢聊历史。

历史最妙的地方在于无论在什么时候，你随手捡起几个故事，往这儿一放，就能让人唏嘘好一阵子。

【历史开皇帝玩笑】

宋徽宗赵佶，宋朝的第八个皇帝，他是一个艺术家、书法家、音乐家、画家。《宋史》里面给他留下了一句评价："宋徽宗诸事皆能，独不能为君耳！"

我其实很同情赵佶，历史太会开玩笑，这个人除了不会当皇上，琴棋书画他都会，他的艺术感觉是很多艺术家都无法比的。可惜最不会当皇帝的人被推到了皇帝的位置上，书生误国不是戏言。

赵佶在绘画和书法上的造诣极高，留下了很多作品，他自创的书法体被称为"瘦金体"，我相信大家都看过这个字体，我个人也特别喜欢，好看。

后来，金兵入侵，北国蒙尘，赵佶被俘，被命令穿着丧服去谒见金太祖完颜阿骨打的庙宇，辱封为昏德公。后来，一共被囚禁了九年，受尽了精神折磨，死于五国城。

明熹宗朱由校，明朝第十五位皇帝，最大的爱好是当木匠，喜欢在后宫光着膀子打家具，对刀锯斧凿、丹青髹漆乐在其中。

他是一个一流的木匠，他打造出来的家具，装饰五彩，精巧绝伦。

有资料记载，折叠床是他发明的。以前的木床都极其笨重，十几个人才能抬得动。朱由校亲自设计图样，锯木钉板，发明了可以折叠的床。他不但擅长打家具，对建筑、假山、池台林馆、木器用具、亭台楼榭都有非常高的艺术造诣，雕琢细致、巧夺天工。

朱由校的文化程度很低，堪称"文盲皇帝"，看不懂奏折，又喜爱木匠工作，逐渐导致大太监魏忠贤等人权倾朝野。魏忠贤本来只是一个大字不识的市井无赖，却很聪明，趁机引诱朱由校整日沉溺在木匠活上。魏忠贤经常在皇上工期正忙的时候拿着奏折进来，皇上会不耐烦地表示知道了你自己去办就好了。于是，魏忠贤趁机排除异己，滥用酷刑，专权误国。

天启七年，朱由校落水得病，服用"仙药"身亡，享年二十三岁。临终之际，传位给他的弟弟崇祯帝朱由检，也是给崇祯留下了一个烂摊子。

有一个传说，朱元璋问刘伯温："我们大明朝老朱家能干多少年？"刘伯温说："万子万孙。"朱元璋听了很满意，结果到崇祯皇帝，北京城就被闯王李自成攻破。不过仔细一想，刘伯温说得也不错，万子万孙，万历皇帝的儿子和孙子。很难说崇祯皇帝是一个昏君，他接手的时候大明朝已经千疮百孔了。他哥哥明熹宗临终时叮嘱他一定要重用大太监魏忠贤，但他上位之后没多久就凭智慧和勇气除掉了魏忠贤。可惜，对于大明他已经有心无力了。

苏黄不做文章客，童蔡反为社稷臣。
三十年来无定论，不知奸党是何人。

【历史上的富豪命运】

且从容，春花能有几时红？

珍珠翡翠终何用？

田苗万亩一年一换主人翁。

金谷石崇，绿珠坠楼万事皆成梦。

细想来归湖范蠡，他倒得安荣。

范蠡为中国早期商业理论家，楚学开拓者之一。被后人尊称为"商圣"，"南阳五圣"之一。

范蠡虽出身贫贱，但是博学多才，与楚宛令文种相识、相交甚深。因不满当时楚国政治黑暗、非贵族不得入仕而一起投奔越国，辅佐越国勾践。范蠡帮助勾践兴越国，灭吴国，一雪会稽之耻。功成名就之后急流勇退，化名姓为鸱夷子皮，遨游于七十二峰之间。其间三次经商成巨富，三散家财。

后定居于宋国陶丘（今山东省菏泽市定陶区南），自号陶朱公。世人誉之："忠以为国，智以保身；商以致富，成名天下。"后代许多生意人皆供奉他的塑像，称之财神。

石崇豪富啊，终没躲开那一刀。

石崇正在楼上宴饮，甲士到了门前。石崇对绿珠说："今天我为了你而惹祸。"绿珠哭着说："我应该在你面前死去来报答你。"便自投于楼下而死。石崇说："我不过是流放到交趾、广州罢了。"

直到被装在囚车上拉到东市，石崇这才叹息道："这些奴才是想图我的家产啊！"他的人答道："知道是家财害了你，为何不早点把它散发掉！"石崇无法回答。他的母亲、兄长、妻妾、儿女不论老少共十五人都被杀害，石崇遇害时五十二岁。

邓通，蜀郡南安（今四川乐山）人，汉文帝男宠，凭借与汉文帝的亲密关系，依靠铸钱业，广开铜矿，富甲天下。

邓通因其性情诚谨，擅长划船，被征召到皇宫里做了黄头郎，专职掌管行船。

汉文帝刘恒为人仁孝宽厚，信鬼神、好长生、梦登天。一次，文帝做梦想上天，却无论怎样都登不上去，这时有一个黄头郎从后面把他推了上去，他回头看到黄头郎穿了一件横腰的单短衫，衣带系结在背后。梦醒后，文帝前往未央宫西边苍池中的渐台，用目光寻找梦中推他上天的黄头郎，看到邓通衣带从后面穿结，正如梦中所见。及至召问他姓名，姓邓名通，音近"登通"。文帝听后十分高兴，之后一天比一天地宠他。

邓通个性温和、谨慎，不喜欢张扬，更不善于交际，文帝虽然几次赐他休假，但他还是不出去玩。文帝前后赏赐邓通十几次，累计有亿万钱之多。

有一天，文帝命令许负为邓通相面。许负是西汉初年的女相士，河内郡温县（今河南省温县）人，县令许望与赵氏所生之女。她精通相术，曾为许多王公贵族相面，预言非常灵验。因此被汉高祖封为"鸣雌侯"（或作"鸣雌亭侯"），是古代少数的女列侯之一。其外孙郭解，是汉代知名的游侠。

许负说："邓通的命会穷困饿死。"文帝说："能使邓通富有的在于我，怎么说他会贫困呢？"于是将邓通家乡附近的大小铜山都赏赐给他，准许他铸钱。

文帝患痈，因感念他的宠爱与恩德，邓通常为其吸吮患处。文帝问邓通："天下谁最爱我呢？"邓通答："应该没有比太子更爱您的了。"后来太子进宫问候文帝的病情，文帝要他吸吮患处。太子吸时却面露难色，事后听说邓通经常为皇上吮痈，心里感到惭愧，却也因此而怨恨他了。

几年后，文帝死，太子即位，这就是景帝。景帝一即位，首先便把邓通革职，追夺铜山，并没收他的所有家产。可怜富逾王侯的邓通，一旦落难，竟与乞丐一样，身无分文，最后竟应了许负的话，饿死街头。

沈万三，富可敌国。

朱元璋要建南京城，沈万三就"筑都城三分之一"，即现今南京城墙的中华门到水西门一段；后来索性想趁热打铁，请求出资犒赏三军，这一下马屁拍到马腿上。朱元璋大怒："匹夫犒天下之军，乱民也，宜诛之。"好在马皇后还算清醒，觉得有点儿过分，劝道："不祥之民，天将灭之。陛下何诛焉！"

沈万三才保住小命，发配云南，最后客死他乡。

胡雪岩，本名胡光墉，幼名顺官，字雪岩，出生于安徽徽州绩溪，十三岁起便移居浙江杭州。中国近代著名红顶商人，政治家，徽商代表人物。

清咸丰十一年（1861），太平军攻杭州时，胡雪岩从上海运军火、粮米接济清军而为左宗棠赏识，后来又帮助左宗棠组织"常捷军"、创办福州船政局。左宗棠西征平叛阿古柏时，为他主持上海采运局局务，在上海代借外款五次，高达一千一百九十五万两，采供军饷、订购军火，并做情报工作，常将上海中外各界的重要消息报告左宗棠。备受器重时，官居二品，赏穿黄马褂。

胡雪岩以左宗棠密友的身份穿梭于十里洋场，既帮助左宗棠解决了战后的财政危机，又让自己在短短数年之间成为中国首富，可谓名利双收，但他深深地知道，官商的身份既能让他迅速崛起，也能让他须臾之间灰飞烟灭。所以，当左宗棠夸赞他"生逢其时，财色双收，官居二品，商界知名，赏穿黄马褂"时，胡雪岩很谨慎地回答说："我是天从人愿，赌博一生，看似风光无尽，实则如履薄冰。"

一场瓜分首富资产的盛宴，在李鸿章和盛宣怀的政治密谋下，迅速推进。胡雪岩迅速衰败，左宗棠也无能为力。

当左宗棠这位湘军名将意识到政治阴谋来袭，尽管他也曾试图救下胡雪岩，但盛宣怀的经济密谋、李鸿章的政治奏折实在够狠，转眼间，胡雪岩便被一系列的挤对、革职、抄家和掠夺迅速击垮，明哲保身之下，左宗棠只能选择弃卒保车。

因为归根结底，胡雪岩对于左宗棠来说只不过是个政治棋子，如此而已。

光绪十一年（1885）七月，左宗棠病故；十一月里，胡雪岩去世了，临终时贫病交加。一代首富的传奇，至此，烟消云散。

野渡无人荡小舟，随波径自顺溪流。

人道江湖随意走，哪知风波几多愁。

【上有所好】

　　战国时滕国的贤君滕定公死后，滕世子请他的师傅然友去问孟子如何举行丧礼。孟子告以须穿粗布衣、喝稀粥，居丧三年。然而滕国官员皆不赞成。

　　然友受滕世子之命再赴邹国问孟子应怎么办。孟子回答道，孔子说过，君主去世，世子将一切朝事委托给国相料理，自己则喝稀饭，哀伤得面目深黑，一临孝子之位便哀哀痛哭。这样，下属的官吏便没有敢不悲哀的，因为世子带了头。在上位的人有所爱好，下面的人便一定对它爱好得更厉害。君子的德像是风，小人的德像是草，风吹到草上面，草便一定会随着风向而倒伏。

　　世子听后，便按孟子所说举丧，使来吊孝的客人无不满意。

　　《孟子·滕文公》上："孟子曰：'然，不可以他求者也。孔子曰，君薨，听于冢宰，歠粥，面深墨，即位而哭，百官有司莫敢不哀，先之也。上有好者，下必有甚焉者矣。君子之德，风也；小人之德，草也。草上之风，必偃。是在世子。'"

　　晋文公喜欢士人穿不好的衣服，所以文公的臣下都穿着母羊皮缝的裘，围着牛皮带来挂佩剑，头戴熟绢做的帽子，这身打扮入可以参见君上，出可以往来朝廷。因为君主喜欢这样，所以臣下就这样做。

【好好说书】

其实人这辈子跟唱戏一样，每个人扮演的角色不同而已，但本质上是相同的。二十岁之前是学习和成长的过程，七十岁之后逐渐衰老，只有中间的五十年是正式唱戏的日子。

这五十年每个人都是一样的。说相声卖菜种地修脚，俄罗斯卖大列巴，古巴搓烟卷，曼彻斯特当酋长，坦桑尼亚当娘娘。

这个人在赞比亚管五百个说相声的，那个人在洛杉矶管五百个厕所，这俩人本质上没有任何区别。

说书的到头了就是柳敬亭。

柳敬亭者，扬之泰州人，本姓曹。年十五，犷悍无赖，犯法当死，变姓柳，之盱眙市中为人说书，已能倾动其市人。

曾经给左良玉说书。左良玉，崇祯年间的平贼将军、太子少保、南宁侯。爱听柳敬亭说书，军中事也让他参与。

尝奉命至金陵，是时朝中皆畏宁南，闻其使人来，莫不倾动加礼，宰执以下俱使之南面上坐，称柳将军。

什么意思呢？柳敬亭曾奉命到南京，那会儿是南明政权。

南明（1644—1662）是明朝京师顺天府失陷后，由明朝宗室在南方建立的政权，历经四帝一监国。当时南明朝中群臣都敬畏左良玉，听说他派人来，上下没有谁不以恭敬之礼接待的，宰相以下的官吏都让柳敬亭坐在向南的尊位上，称呼他柳将军。

其市井小人昔与敬亭尔汝者，从道旁私语："此故吾侪同说书者也，今富贵若此！"这就如同联合国评书大会，我去说书，坐着太空飞船一落地，一堆同行跪那儿欢迎，说：俺们都是干这个的，他怎么那么好哪。

弘光元年（1645），左良玉死，马士英、阮大铖谋捕柳敬亭。柳出逃苏州，重操旧业。晚年寓居南京，生活穷困，极为凄凉。

说书就好好说书，别掺和跟你无关的事情。

三分露水一苗草，半楼风月两层人。观彻世态惊神胆，看透炎凉起魄魂。

骄狂体后辱相伴，谦谨身前颂自跟。良心乍起三更夜，明月清风冷笑人。

第二篇

圈里圈外

11 朋友圈：朋友圈里面的江湖

摔碎瑶琴凤尾寒，子期不再对谁弹。

春风满面皆朋友，欲觅知音难上难。

相交满天下，知音有几人？所谓君子之交淡如水，朋友圈里看江湖。

【何为朋友】

朋友，同门曰朋，同志曰友。

什么叫朋呢？你我一块儿上过学，咱们在一个窗户底下听老师讲课，这叫朋；友，是因同一个理念在一起，这叫友。

朋包括友，友不包括朋。这个很复杂，有机会咱们再细说。

过去说，为什么"朋"字是两个"月"呢？上古年间，没有银子，没有钱，把贝壳当成钱。贝壳穿好，一串一串挂在墙上。家里来串门的，来，我带你去吃饭，就摘下两串贝壳来。拿两串贝壳，带着朋友喝酒去。这两串贝壳就通过象形写成了朋。

交朋友呢，关键就是看你什么目的。

有的就是因为这个人太有身份了，有势力，通过你，我会办到什么什么事情，我才会跟你交朋友；有的是因为你有钱，我通过你，我能占便宜；还有的呢，就是一起吃吃喝喝，酒肉朋友，酒肉朋友一说有事，就都跑了；还有就是君子之交淡如水。

老话说得好，淡淡如水人情在，蜜里调油不到头。朋友之间只要是一有了诉求，一有了互相利用的东西，其实就已经不是朋友了。

【八拜之交】

其实从古代开始，中国人就很注重朋友交情。

比如说，钟子期俞伯牙、蔺相如廉颇等各种的交情。

过去说八拜之交，比如"管鲍之交"——管仲和鲍叔牙，比如"子期碎琴"，知音就是从这些里面出来的。

知音不在多，一个胜十个。知音是一定不能说这五万人都是我的知音，那是你的粉丝。

知音是懂你的，最起码他跟你的频率是一样的。

当然，有的成为知音的过程很复杂，比如蔺相如廉颇，蔺相如从渑池会回来之后，举国上下都觉得这人了不起，唯独老将军廉颇觉得不行：他凭什么这么年轻得这么大的荣誉？我要到街上去挡道，我要跟他对着干。经过很多的挫折，到最后，廉颇觉得"我错了"，去负荆请罪，光着膀子、背着荆条到蔺相如那儿去，"你打我，我对不起你"。通过这件事情之后，这么两个身份相等的人物，一将一相两人合在一起了。这个交情可以说得上惊天地泣鬼神了。

【交友贵相知】

相交满天下，知音有几人？

我朋友不多。没人叫我去撑场面，他们知道那是难为我，所以没叫过我。至于我比较欣赏什么样的人，其实每一个人的身上都有值得我欣赏的地方。我看人看得可能跟别人不一样。比如说我在我的节目里边，说相声也好，说书也好，其实也表达了我的观点：坏人身上也有闪光的地方，好人身上也有不是人的地方。

世界上哪有这么多的好人？只不过坏的程度不一样而已。

所以说这个东西很复杂，不能一概而论。说这个人就是一个纯好人，那不是个活的，他一定是去世了。你想吧，到火葬场听听去，念悼词，从来没有听说这人活着的时候还偷过东西，没有说的；多坏的人，那个悼词写得也很完美。

【个性】

我这个人有点儿个性，有时候出去演出或者干吗，也真有那个主办方的人，或者带来的闲人，特别没有样，我真发自肺腑地不爱理他，没完没了，到最后："我要加您个微信，您方便吗？"我一定同着很多人告诉他："不方便！"

有的时候，你不这样也解决不了问题。

我跟于老师应该是互动最多的。于老师这个人呢，在他的心目当中，玩是一切。所以他的朋友圈一天到晚的，要多没溜儿有多没溜儿。他说了很多我想说但不方便说的话。他有时候在朋友圈还骂个人什么的，我都爱听。

万事不如书在手，一年几见月光明。装三分痴呆防死，留七分正经谋生。风前看月，雾后观灯。霜前菊冲，雪后梅丰。醉中论剑，梦里歌声。得空山古寺，寒雨围炉，焚败叶烹嫩笋，乃云中世界也。若得极大快乐，需竹林下听小人诽谤嚼舌，语罢谓之曰：我有三个朋友，一个普通的，一个文艺的，一个你这样的……

【同行交往】

在任何一个行业，同行多多少少都有点儿是冤家的状态。

曾经有一位相声同行，我们到当地去演出，他在当地属于是相声界的小首领，请大家一起吃个饭。酒席宴前，我们也说了，天下说相声的是一家。我心潮澎湃，他也很开心，于是呢，他就拍了好多我们的合影，发在他的朋友圈里面。转天，他就被好多相声同行拉黑了——你跟郭德纲在一起玩，你就已经跟我们不是朋友了。

相声界之所以这么残忍，是因为这行挣得少。不像其他行业，比如演员，今天不做这节目了，不做就不做，干别的也一样挣钱。但是，对相声这行来说不一样。

以前我们聊天，徒弟们问我，好多说相声的，咱要请过来一起合作多好。我说："你怎么让人合作？"

人家在那个位置上可能会五段相声就干一辈子了。到你这儿来，一进你这后台，一个学员都会八十段，人家现学也来不及了。谁教啊？教完了准能会吗？会了准能对吗？上台，观众没人笑，下后台，一帮孩子都看着人家，人家是活是死啊？

如果不能跟你一块儿吃饭，那就不如站到你的对立面去。好歹人还多一点儿，从心理学上来说，特别理解。

到现在，我的朋友圈里边，其他团体的相声艺人可能有三到四个人。一般来说，他们也不敢在我发的东西下点赞，或者评论。因为也怕传出去，他给郭德纲点赞了，会彼此尴尬。有时候他们会偷偷地发微信给我：您昨天说的那句话太对了，但是我就不明着表示赞同了。我也理解。

12 家谱：不是一家人，不进一家门

德云社的家谱写的是德云社的演员，我的徒弟。为什么叫家谱呢？其实就指的是有辈分排列的。

虽然德云社招收弟子更像是企业招聘，但又和企业招聘有所不同，这其中就多了一层"家"的意思在里边，所以每每看家谱，我真是很感慨。

【海选多奇葩】

德云社招弟子面试的时候是最热闹的了，自古海选多奇葩！

有多奇葩？要多奇葩，有多奇葩！

“霄”字科招生，网上报名的有三千多人，一般的程序是这样的：老师在门口都排好了号，你是几号，你是几号。叫到号的进来，一般都是上来鞠躬，老师们好，我叫什么。但也曾经有过，叫完号自己带录音机先放音乐，跳着舞就上来了，没有话，上来就跳。我们都傻了，我们就看着他跳吧！跳完了，他说：“其实我不懂相声，我也不爱相声，我就想让你们看看我的舞蹈。好，再见！”就走了。

还有的孩子，来的时候就心情不愉快、不美丽，站在台上拧着眉、瞪着眼，每一个人都欠他账一样。你问什么都不好好回答，到最后告诉你：“我有病！”

还有的来了站在台上，因为台下老师们坐一排嘛，我坐这儿，于谦老师坐那儿，他就站在台上，掏出手机“哐哐哐哐”一通拍。

参加面试的，大约每三千人里能有四五百人，就这四五百人在台上一演呢，台下都是说相声的，但也都乐得不行了。

所以说，海选好玩。

【德云社录取标准】

德云社的录取标准挺严格。

但是我们没有要求说必须身高怎么样，相貌怎么样。艺术是多样化的，你不能都要求一米七、浓眉大眼、双眼皮，怎么怎么样，这不像话。招保安才那样呢！

说相声更多强调的是演员的特殊性，因为每个人对幽默的理解和表达方式是不一样的，所以我们这儿招的人可能这个特别矮，那个特别高，但是都有他的特点，我们喜欢这类的。

过去的老先生说，说相声的丑一点儿好，能让观众记得住。但其实现在，尤其德云社，颜值高的我们有一批。当然，身材偏胖的我们也有一点儿。

招这些人来之后，看似很简单，但其实来了就是一个激烈的斗争。因为这些招来的学生有不同的学历、不同的家庭背景、不同的个性。来了之后，我们要让他们踏踏实实地进入这个行业。所以要用我们的技术手段。

什么手段？第一步其实就很残酷——打掉所有的尊严。

不是不尊重你，只是让你不要过分地太尊重自己。每个人，有的害羞，有的不好意思，但实际到了舞台上，这些都是妨碍你成长的弊病。你不好意思，那这没法儿弄了，在台上你可能要学个老太太，你可能要学个什么什么，怎么怎么样。但是，你一害羞你干不了。过去我们有句话，"要脸就是不要脸，不要脸就是要脸"。你全豁出去了就没事，台上对了。

这跟电影学院、中戏所说的解放天性的道理是一样的——老师带你们来学学狗，你现在就是一个泥团，你就是个鸟……

为什么让你这样呢？实际上是一个状态的调整。你说你老觉着"哎呀，我要这样说话是不是好难看呢？我这样做一个表情是不是脸好丑啊？"，那你就干不了这行了。

你来的目的不就是干这行来的吗？所以要调整你。

这个过程可不容易，真是有很多的学生在这个过程当中就被淘汰了。也有一些在实习的过程中被开除或者劝退了。

有的时候，没有别的事，就安排学生做卫生。这一帮孩子在剧场，一人一个笤帚做卫生扫地。不缺他们扫地，我们有做卫生的工人，但是让他们去扫，我们的老师会在暗处看。你瞧这几个，老师在，他干活；老师走了，笤帚一扔，他坐台上玩。老师直接出去，说这几个人，你们快收拾东西走吧，不要你们了！说业务天好，天好也不要，不能给这行留祸害。

因为你来，你是干吗来的？你可以先说我是爱相声、爱艺术，但实际上背后是"名利"二字在支持着你。没有说我干这行的目的是为了饿死，我一定要死在你们的后台。不是的，都是因为好啊！我得发财啊！我得如何如何红得不行！他们心里都会有这个，嘴上不说不代表他们没有这个想法。但是一上来得不到这些，也没有人敢保证说他们最后准能大红大紫。

还有打架的、闹事的、不听话的，这肯定是不能要，必须要开除。当然，在我们这儿来说，谈恋爱还涉及不到这个。因为有的孩子来了都挺大的了，谈恋爱不能拦着，而且也不是拦着的事。但是，我们有规定，那就是不许和观众走得特别地近。我们要尊重观众，观众是我们的衣食父母，私下里我们要清楚自己的位置。

我亲眼看见过，有些演员有一本，写着观众张大爷、李大妈的电话。他就指这几人吃，他只要一有演出就打电话："您捧我来！您来呀！"演完了，还得跟人一块儿吃饭去。你这样的话，这不是作艺，这是卖人。

演员不管怎么说，为什么观众买票看你呢？你比观众想得多，你比观众说得好，观众觉得你很神秘。但是你今儿跟人家一块儿坐在马路边吃碗炒饼，明天凭什么让人家再花二百块钱看你？你就打破了这个神秘性了。而且这样时间长了之后，我们也见过很多，比如这仨观众捧你，那仨观众捧他，天天你们六个人加这俩演员在台底下净剩串闲话、打架了。

各行有各行的规章制度，不允许和观众走得特别近，不是说不能来往，而是说有些规矩还是要遵守的。

【初入行的苦难岁月】

我没怎么当过实习生，因为我十六岁就干这行了。

我七岁学的评书，九岁学的相声，八十年代末又唱了几年的戏，京剧、评剧、河北梆子，搭班出去唱戏，跑江湖卖艺，这我都干过。所以说我一出来就开始干了，并没有说跟着老师一起如何如何。

但是当年真是很苦，这是肯定的。

比如说最早说相声，说相声不挣钱。为什么八十年代末我唱戏呢？因为唱戏好歹还能挣点钱，京剧、评剧、河北梆子搭班唱戏，一场戏挣六块钱，到后来涨到九块钱一场戏。想当年馒头是一块钱六个，最起码唱戏挣的钱能活下来了。

当年很苦，没有别的什么经济来源，必须指着唱戏。今天不唱戏，今天没饭吃。那会儿来说，有时候台下观众给送个花篮，前后台大伙儿还得分。也就是说，这一天如果顺利的话，也能拿个十几、二十几块钱。

我当年没有平台，想扫地都没地儿扫去。我们就跟着小班，张三成立了一个什么什么京剧团，我们就跟着去了，应的是唱戏去的。

这无外乎是到人家村里去唱戏，住的是老乡家里边，早晨六点半、七点就起来把脸画上了，这就开始唱。到晚上得到十二点，才能洗了脸。

那种苦跟实习生的苦还是有区别的，但是挺好，现在也是很感谢当年苦难的岁月。

现在实习生也挺难，影视圈也有实习生。曾经有一个编导到电视台去实习，每天都要给人家去买盒饭，待了一个月，他眼泪都下来了："难道说我就是买盒饭的命吗？"但其实不是这么回事。凡事都有它的规矩，在这行业里边，实习是你前进路上的第一步，没有第一步你也成功不了。

希望所有的实习生端正你的态度，好好地往前走！

【戏曲是角儿的天下】

一个孩子跟我聊天。

"师父，看您挺喜欢评剧的。"

"是啊。"

"可是，我怎么没觉出评剧有什么好的呀！翻来覆去就那几出吗？"

我叹口气，无语许久。当年一说哪位角儿唱什么戏，观众半夜排队买票。可现在，真没有哪场戏曲演出能让人热血沸腾有买票的冲动。也有人说，多元化的市场冲击太大。可二三十年代，歌舞、话剧、七彩电影等也没拦住戏曲的大红大紫啊。沏了杯茶，和孩子聊评剧。

"看过《杨三姐告状》吗？"

"看过，很经典。"

"是的，非常好。不过，老本也很精彩。头场先是张茂林托孤。张茂林是和高占英的父亲高贵章合伙做生意的，病重托孤，上场有十八句慢二六。之后张妻找高家要账，高贵章改账本起誓：我要昧心，现世现报。叫我家风大乱，死走逃亡！

130

仓！这有一冷锤。紧接着，高占英逛妓院，故事由此展开。老本还有杨三姐夜宿城隍庙，各殿看鬼神及杨二姐托梦。旦角儿有唱有做，精彩至极。"

"那为什么不这么演了？"

"种种原因吧。"

"还有什么好看的？"

"有的是。赵丽蓉老太太演过一小品，其中有段唱，'别耍嘴呀，我要是耍嘴我是个棒槌'。这也是评剧，传统喜剧《贱骨头》里的核心唱段。《秦香莲》看过吧？老规矩最后要开铡的。俩桌并一块儿，铺白布。摆铡刀，王朝上桌上抬刀把。这搭上陈世美来，光膀子红彩裤。往铡里一顺，刀头一落，这陈世美是俩人演，一个来脑袋，一个来身子，分落在桌子两侧。演刽子手的嘴里含红颜料，落刀后便喷血在陈世美身上，演身子的演员落地后还得哆嗦。开铡时，包公翻袖掩住春哥冬妹，不让孩子们看。九十年代，我搭小班跑帘外唱老包，还带开铡，没这个，看戏的不结账。人家问得对，没开铡叫什么铡陈世美！"

"师父，这是不是太血腥了？"

"唉，孩子，看那么多电影、电视剧了，怎么问起这么弱智的问题来了。"

131

"好吧。师父，还有什么？"

"呵呵，无计其数。《天河配》要真牛上台，《八宝钗》有段唱竟然全是下句，《剁手记》连龙套都有唱，《保龙山》唱全了得半个多月，文武带打，扎大靠杀四门，三张桌子下高，《李三娘》团场七个人大联弹，半句半句拆唱。另外，评剧还有大批民国题材的洋装旗袍戏，《洞房认父》《贫女泪》《手枪结婚》《黑猫告状》《人头告状》《枪毙小白鼠》……"

"哇！没想到。"

"没想到就没想到吧。这行也就这样了。戏曲是角儿的天下，角儿必须说了算。角儿要是说了不算……"

"怎样？"

"……不算就不算吧。"

【关于继承衣钵】

为什么要继承？

历史的车轮怎么往前走，自有它的一定之规，不以你的意愿为转移，并不是你希望如何就如何。

我只记住一句话：十分能耐使七分，留下三分给儿孙；十分能耐都使尽，后辈儿孙不如人。

儿孙自有儿孙福，莫与儿孙做马牛。他怎样是他的造化，我好好地教育你，我提供平台，我希望你好，就够了。至于你好不好，是你的事。这摊儿能不能干下去，那是他的问题。

哎呀，我一定要父传子，家天下，子子孙孙，无穷无尽，把这摊儿干到五千年。你那么想，活着太累。好好地活着，既不要害人，更不要被人害就行。至于其他的，别想那么多。

忍忍忍，难难难。身处池畔，自浊自清自安然。若不登高看，怎知海天蓝。人到用时仁义少，事无经过不知烦。静坐思过观花谢，三省吾身饮清泉。留得五湖明月在，不愁偷笑钓鱼船。

13 相声往事：最简单也最难

我经常说，相声是世界上最简单的艺术形式，也是世界上最难的艺术形式，因为我们什么都没有。正因为它什么都没有，全靠演员一张嘴，所以反倒是什么都可以有了。

传统艺术出路何在？

艺术是干什么用的？不同的人有不同的用处。

研究家学者商人内行外行，三十三层天，一层一个境界。

不在那个位置就不会明白那个事情。

医疗专家说血管神经线咱听不懂，科学家看艺人师徒父子爸爸儿子他也纳闷。

撂地是相声底层艺人的演出形式，但是艺术水平却是最高的。所谓的撂地指的是在路上经营自己的艺术。过去民间艺人聚集地，每个城市几乎都有。北京的天桥、天津的三不管、沈阳的北市场、唐山的小山、上海的城隍庙、南京的夫子庙，都是民间艺人聚集的地方。所谓的撂地也不仅仅是艺人们在这儿，很多小商贩、手工业者也是要在这儿集中经营，所以过去逢这种地方都是热闹非凡的一个场所。艺人占据其中的一大部分。能在地上做生意不容易：辛苦是一方面，刮风减半下雨全完，最重要的就是没有真能耐，在这儿是吃不了饭的。过去我们说平地抠饼对面拿贼，不打你不骂你，得从你口袋里把钱掏出来给了我，还得心甘情愿，这得是多大的能耐！所以撂地是最能体现一个演员的基本素质和他的艺术才能的。

【相声祖师】

每一个行业都会有他的祖师爷。

祖师爷分两种，一种是精神上的祖师爷。比如说，木匠都说鲁班是祖师爷，谁见过？你要往前捯，公输班也没人见过，但是他是我们心目中木匠的神。

说相声的呢，供汉朝东方朔。过去传说，东方朔是天上"岁星"下凡，"岁星"就是"扫帚星"啊！幽默诙谐，跟皇上说话也敢胡说，也逗着玩，因为他是古书里记载的可能是最能开玩笑的一个古人，又有身份，说相声的就把他老人家请过来，做我们精神上的领袖。

在现实生活当中，我们还有一位活着的祖师爷，就是朱少文先生。

朱先生呢，在相声界确实是有这么一个"开山祖"的称号。他太聪明了，他原来也唱过戏，后来呢，犯国丧，皇上死了，太后死了，不让动响器。怎么办呢？就出来，把他会的东西换成另一种形式，再接着去表演。其实在他之前，也有人这么演过，只不过他是集大成者。

就是这么两位祖师爷，一个是真实存在的，一个是虚无缥缈的。包括过去唱戏的也有祖师爷，供唐明皇，后台供大师哥，供这供那的。

怎么讲呢？过去，比如说艺人，他一定要有一个精神支柱。小孩要上台了，害怕，先生告诉他："去给祖师爷磕个头去，保佑你！"他到上场门那儿作个揖：祖师爷保佑我，今天可别凉调啊，别忘词啊，我得对啊，如何如何如何……

最起码，他有一个心理支柱，他会觉得有人保佑他了。

我们不说什么迷信不迷信，那是另一回事。从心理角度出发，他今天的演出踏实了。甚至有的老先生写回忆录：家里没有钱，供不起塑像，就弄块儿小木板，旋平了，打扫干净了，这就是我的祖师爷。每次头上场——祖师爷保佑我保佑我吧！他也觉得心里踏实。

人是要有个信仰的，最起码让他能认真做事。

【东方不败】

　　相声界的祖师爷是东方朔，字曼倩，西汉平原郡厌次县（今山东省德州市陵城区）人，西汉时期著名文学家。汉武帝即位，征四方士人。东方朔上书自荐，诏拜为郎。后任常侍郎、太中大夫等职。他性格诙谐，言词敏捷，滑稽多智，常在武帝前谈笑取乐，他曾言政治得失，陈农战强国之计，但当时皇帝始终把他当俳优看待，不以重用。

　　供职于专业团体的徒侄问我："师叔，德云社后台怎么供东方朔？"

　　"那是说相声的祖师爷。"

　　"可东方朔也没说过相声啊！"

　　"是的，这是精神上的神。"

　　"那也只能是德云社的神。拿我们团来说，咱们的表演风格、创作角度、艺术理念、处事路数都不一样。所以我们不能供东方朔。"

　　"嗯，你们供东方不败……"

【相声无派】

相声没有派，我们可以称作"氏"，马氏相声、侯氏相声，就足可以了。

因为只有这两大家是有点儿自成体系的状态。所谓的流派就是承上而启下，而且追随者众多；你的表演体系得到业内以及业外都认可，一定是有人追随你、学你，连你的毛病都学，这叫流派。

这个东西很奇怪，相声达不到这个，因为相声讲的是每一个人自成一个流派，这同样一个包袱我说可能你就笑了，换他说你就不笑。为什么呢？因为我这个脸、我这件衣服可能适合今天这个包袱，换成他那个脸你就不笑了，这很神奇。

每个人对幽默的理解和表达方式是不一样的。

相声的最高境界是展现自我，而不是模仿秀。它跟唱戏还是有区别的，比如我学周信芳周大师，我如果说模仿得跟周大师一模一样，我就叫成功了！

相声这行模仿得一模一样，就叫死了。所以说它不能成为流派。

我们这行，第一，谈不到流派；第二，没有地域之分。

【相声很难】

虽然说相声可能不像戏曲等其他行业那么丰富多彩，就两个人。但是呢，它是世界上最简单的艺术形式，也是世界上最难的艺术形式，因为我们什么都没有。

有没有那个桌子也说，穿大褂不穿大褂其实都不重要，关键是演员他得会。难在哪儿了呢？时间、地点、人物、场合、矛盾、冲突、喜剧……所有东西都是我一张口说出来，出了我的嘴，进了你的耳朵，你还要相信这是真的。你要觉得这是假的，你不会笑。为什么你会配合我，或者安静，或者鼓掌，或者笑？都是因为你觉得那个对，那是真的。

什么都没有的情况下，单凭一张嘴让你相信这一切都是真的，所以说它是最高级的一种表演形式。

这么多年来，观众越来越喜欢相声，给了我们很多支持。这对演员来说也是个鞭策。老觉着我们可别对不起观众，就希望我们能再好一些，再长进一些，把相声说得好一些，让观众开心。这是艺人最高兴的事。

【相声教育】

我经常开玩笑地说，我不是一个相声表演艺术家，我是个相声教育家。什么样人来了，我都能给你鼓捣出来，让你能上台。岳云鹏、张鹤伦他们这还算好的呢，还有来一批修脚的、澡堂搓澡的，干吗的都有，来了哭着喊着："我要学相声！"

好，你只要配合，我一定有办法让你上台。这也是一个手法问题，就按照你的特点来。你不能按我的特点来，按我的特点来，你直接干不了这行。我得瞧你的风格是这样的，你的潜能是这样的，按照你的特点来给你打造。这玩意儿没有说千人一面的，那就活不了了。

德云社的孩子们，一报名三千人。高峰高老师带着大伙儿一遍一遍地过罗筛，到最后，他们淘汰人淘汰得狠。

2018 年报名的有三千五百多人，最后演出部报给我的单子，说："这一批给您留了八十五个。"

我说："三千多人你们就不能给我凑一百个吗？"

他们几个人直咬牙："实在挑不出来了。"

我又说："能给我凑一百个吗？"我就强迫他们给我留一百人，这一百人来了之后，栾云平带几个，高峰带几个，岳云鹏带几个，谁带几个……一年之后，这一百人估计剩三十人。

这个来了一淘气，走，不要你了；明天那个一耍心眼儿，你回家吧，不要你了。天分、人性都很重要，我不能给这圈招好些个祸害来。

再来一年，这一年里边，这个问："怎么还不红啊？我不干了。"那你走吧！他离着拜师还早着呢！真正到拜师那会儿，那就已经有样了，可那是好几年之后的事了。

现在挑得更细了，不像当初岳云鹏他们那会儿，那会儿是因为后台真没人，就我一个。第一次收徒没有岳云鹏，是孔云龙他们几个。

你就说没拜师多受人歧视，那会儿演完回家，岳云鹏上车了，坐在那儿。孔云龙一拉车门："你下来！"

"为什么呀？"

"你拜师了吗？"

岳云鹏就乖乖地下去，让人家孔云龙坐那儿。

依川傍岭小河沟，小庙在山头。问菩萨因何倒坐，叹众生不肯回头。昨日花开今日谢，百年人有万年愁。入山不怕伤身虎，猛兽怎如人有谋。知事少时烦恼少，窥破机关早白头。听这边鸡吵鹅斗，看那厢窃玺偷钩。我不敢高台教化，也并非无病哀愁。有感砌文字，任君笑我无羞。既无回天手，也只得纸扇长衫卖风流。

14 《探清水河》：一首旧曲的翻红之旅

　　不知道哪片云彩上有雨，张云雷小曲《探清水河》，突然在网上火了。张云雷现在上了场站在那儿，底下那些个女观众，就大声嚷着要听《探清水河》。

　　一首旧曲，一个凄美的爱情故事，莫名翻红了，这背后还是有值得说道的。

【从北京到东北】

《探清水河》呢，最早应该是北京小曲，因为它是一个发生在北京的民间故事。

有人说是真实的事件，也有人说是老百姓杜撰出来的。但不管怎么说，时间、地点、场合、人物，整个的故事冲突，都是发生在北京。唱词里边也表现出来了，但是呢，好像北京地区好久以来就没有人唱。

我们能听到的，一个是在电影《智取威虎山》里边有人唱，一个就是在二人转的演出当中有这个《探清水河》，但是能明显地听得出来，那是用了浓郁的东北的风格演唱，一首纯北京小曲，人家用东北方言给唱出来了。其实是演变成另一个艺术形式了。

【凄美爱情故事】

　　桃叶那尖上尖，柳叶儿遮满了天，在其位的这个明阿公，细听我来言呐。

　　此事哎出在了京西蓝靛厂啊，蓝靛厂火器营儿有一个松老三。

　　提起了松老三，两口子卖大烟，一辈子无有儿，生了一个女儿婵娟呐。

　　小妞哎年长这一十六啊，起了个乳名儿姑娘叫大莲。

《探清水河》是一个很凄美的爱情故事。

在北京蓝靛厂火器营，有一家旗人。旗人就是过去八旗子弟。这家人姓松，而不是姓宋。但是一般唱的时候都唱着宋老三，其实不是宋，他姓松，松老三，他家里边开大烟馆的。

两口子卖大烟，没儿子。那年头没有儿子就算是够瞧的了，但是就趁这么一闺女，闺女长得挺好看。

姑娘大了就喜欢上一个小伙子，叫小六。关于这个小六

146

呢，有好多传说：有的说他就是跟前鞋铺的伙计，有的说他是村里边的一个无业游民，有的说小六跟大莲姑娘青梅竹马，反正是各种说法都有。

两个年轻人你喜欢我，我喜欢你的，一来二去俩人就好上了，一直到后来夜半私会。

其实小曲整个过程描绘的也是从天黑到天亮，两个人在一起怎么怎么好。但是到后来呢，大莲姑娘就怀孕了，家里很生气，父母就打了她一顿，觉得姑娘辱没门风。

你别看松老三开大烟馆的，他的封建意识还挺厉害。把孩子打了一顿，就不允许大莲跟小六在一起。大莲姑娘觉得很绝望，就出门到清水河投河自尽了。

小六听说之后，跑到清水河边烧了点纸，哭了一大报儿，也投河自尽了。后来消息传开了，大伙儿说这俩人太可怜了。你说是现代版的梁祝也好，说什么也好，反正最起码是一个很凄美的爱情故事。后来有好事儿的呢，就把这个故事编下来，弄成这么一首小曲。

【旧曲再翻红】

一首小曲在流传的过程当中，会因为地域的不同、演员的不同，有不一样的调整。

所以说，这是我们传统文化的一个瑰宝。我们也在做这方面的工作，希望能够把这些东西，尽量地留下来。因为在台上唱的时候，感觉得出来观众们是真爱听，又俏皮，又好，又文雅。说相声跟曲艺离得是最近的了，诵说演唱是一起的。

在我这么多年学艺过程当中，我就积攒了大批的民间小曲小调，其中就包括这首《探清水河》。

我就老想，这么好的东西怎么会没人听呢？有一天，我就翻我那些老资料，就把这个找出来了，我看了看觉得还可以。因为它有个别的唱词还不是很文雅，于是我在整理的过程当中把唱词重新调整了一下。第一次在舞台上正式呈现，应该是在 2010 年，北京北展剧场演出时唱过。

后来在德云社的舞台上也唱过，现在网上应该还有几段视频存在。

德云社的演员们也都爱唱，孩子们就这样呗，我唱哪个他们都爱学。

后来，张云雷也唱这段，没想到一下就唱得很红很红了。这样呢，大批的观众就都知道了这首小曲——《探清水河》。

【旧曲新演绎】

大约在一九三几年四几年的时候，相声界就有演舞台剧的先例。

那会儿甚至专门还成立了很多演相声剧的剧团。比如天津小蘑菇先生，人家的兄弟剧团，就专门是演这种舞台剧的，把好多传统相声的故事都搬上了舞台。当年叫笑剧，看完你能笑啊。

我师父侯耀文先生去世之前跟我聊过好多次，他说能不能再现一下笑剧，把我们的笑剧再重新恢复。

我当时就说了，我说咱们可以，咱们设计设计。很可惜，他老人家过早地离开我们了。

有可能我们会单独成立一个德云喜剧社，可能头一个戏就是《探清水河》，把它做成大规模的舞台剧。《探清水河》还是值得一弄的。

我们还在努力的过程当中，也谢谢大家对我们的支持，多关注我们的小曲，把咱们这个文化的宝贝传承下去。

15 唱戏：戏看人生百味

唱戏曾是我的饭碗，我爱唱戏，我也知道它好在哪儿。我对戏曲是有情怀的。

说书、唱戏、说相声，这三件事是我生命中最重要的事情，这篇聊聊我与戏曲的缘分和故事。

【京剧发祥地】

中国的剧场很多，北京城的戏园子也很多，但唯独三庆园值得大说特说。

可以说这个剧场是京剧的发祥地。

四大徽班进北京给乾隆皇上拜寿。四大徽班不是说就四个戏班，只是这四个班比较有特色，稍微大一点儿。大批的南方剧团来到北京，唱完之后呢，就没走，挨着北京一趟街一趟街，搭的都是台。天下的剧团都进京给皇上贺寿，在这过程当中，结合原来的昆曲、地方小调，有好多剧种就糅在一起了。

有的剧场就开始琢磨，我们是不是可以专业地演唱这些戏曲呢？

前门这儿有一个饭馆，这个饭馆的老板很聪明，就跟剧团谈妥了：在我们这儿把饭馆改了，咱们以后唱戏吧。

这就是最早三庆园的来历。从这儿开始，京剧有的雏形。所以我们老说三庆园是京剧的发祥地，根儿是在这儿。

三庆园当初最后一场戏，是荀慧生先生唱的《红娘》。唱完之后，危房改造，整体规划，这个地方就再也没唱戏。一直到 2016 年，重新翻修，重新调整，三庆园再次开张。

开张的时候，在这儿唱戏的剧团就是我们的麒麟剧社，弘扬一下传统文化，希望能够把京剧用另一种方式展现给大伙儿看。

三庆园不管是从历史意义上，还是现在的结构状态上，它都是最适合的了。

【开始唱戏】

我七岁学评书，九岁学相声，到八十年代末的时候，说相声实在是不挣钱。那会儿我十几岁，干吗去？我得吃饭。离着我最近的唱戏倒是有饭，但最早的时候是梆子跟评戏。

你别看京剧是国粹，那会儿京剧倒不挣钱。

唱一场戏多少钱呢？最早是六块钱，后来逐渐给我涨，涨到九块，当时觉得很开心。

八十年代末的时候，有那个小班的剧团，有一个老板跟我说过，德纲，我要一个月能给你开三百块钱，我就把你留在这儿，不让你上别处去了。我当时也想，你哪能给我开得了三百块钱。那会儿一个铁饭碗，一个月也挣不了三百块钱。就说当时那个状态下，如果一场戏挣六块钱，够吃饭了。为什么呢？馒头是一块钱六个，你一天吃不了三块钱的馒头，对吧。

下午一场戏，晚上还一场戏，两场戏挣十二块钱，那会儿台上还能见彩钱，还有讲究的给演员送花篮。一个花篮十块钱，一般送俩花篮，摆在台口，二十块钱。前后台三七劈，后台拿三，这七演员跟乐队再劈，再剩下钱，到你个人手里边。

　　也就说这一天，弄好了能对付几十块钱，比一般上班的工人挣得还多。

【小班唱戏】

为什么唱戏？

第一是爱；第二没有别的手艺；第三我得活着，我得吃饭。

后来，有好多人跟我聊天，说你唱戏，你算专业算业余呢？

这句话经常问住我。

你要专业的话，你又不是哪个专业院团，什么天津评剧院、北京京剧团的，我不是啊，对吧；但你要说我是业余的我又不甘心，好几年我指着唱戏吃饭，要说是业余的，最起码，比如你本职工作是个卖肉的，你是个裁缝，你是个种菜的，业余去唱戏也行，可我那些年就专门唱戏呀。还有要说是个业余唱戏的吧，老让人觉得你这个水平就有问题。所以后来我老说，我是个职业唱戏的。

说书、唱戏、说相声，这三件事是我生命中最重要的事情。一直到今天，也说书，也唱戏，也说相声。也搭着我这人没有什么大追求，干点别的干不了，就这三件我觉得是最开心的事儿。

从八十年代开始，由打天津，我们唱戏叫小班。小班不是国有院团。戏班里有这么几个老艺人，那会儿我还能接触好多唱戏的老先生呢，我十六七、十七八，老先生有的就六十多奔七十，我估计现在也都没得差不多了。那会儿真有高人，不管是评剧的、梆子的、京剧的，有这么几个老先生。

戏班里还有剧团里边轮不着唱戏的演员，他也得活着呀，也上戏班跟着干活来。还有的就是纯业余爱好，跑个龙套，跟着一块儿搬搬扛扛，他也很开心很过瘾。

这样一凑，凑这么二三十人，就算大班了。乐队上，七忙八不忙，七个人反正赶了点，乐队也能开开，多一个人还富余。检场的带打梆子，说的是唱评剧跟梆子的时候，这人一边敲着梆子，胳肢窝夹着椅子，检场带打梆子，就叫小班。

天津城里，小剧场里坐一百人二百人，甚至还有少的，坐七八十人。小剧场那会儿有个二三十家。天津各大郊区，再往外，河北省农村、北京郊区，这是我们主要活动阵地。以评剧和梆子为主，辅以京剧。

为什么呢？我们唱戏目的是挣钱，你得看人家听什么。人家说了，我们爱听梆子，《辕门斩子》能唱吗？能唱。评戏什么什么，也行。就是什么戏都能干，什么班都能有。比如说我们唱《卷席筒》，头一本唱完之后，村里人开心得不行。村长找我们来，这个二本能唱京剧的吗？能，必须得能。你不能这个台口就没了，就不要你了。

　　一个班里边或者连着几个班，今儿在这唱，这儿评戏，明儿那儿梆子说我们这短一个什么，赶紧，那儿也得唱。梆子刚完事儿，京剧来信了，就跟京剧走下一个台口。就是锻炼你，为了吃饭哪儿都得去。

【花篮有戏】

上花篮一看就是城里的小剧场。

这一唱戏，观众觉得你唱得好，或者剧情好，上花篮表示对这个演员的赞美。当年的花篮，不像你们现在看到的演出之后送的大花篮，当年就买那个塑料的字纸篓，里边插几朵花，这就算一花篮。前台地上一摆，摆四十个、六十个，拿起来哐哐给你搁台上。偶尔有一天来一个，好家伙，趁钱，这大主儿真有钱，他一下给这角儿上四十个花篮。当然人净给花旦上，给青衣上。

给角儿上四十个花篮，其实没有这么些，就弄俩，挂上纸牌，纸牌上写二十，这就四十个花篮了，这个钱大伙儿分。还有的更直接，往台上扔钱。你这哐哐一跺脚，一洒狗血，老百姓老乡们一叫好，有一声叫好加五毛钱。

还有的钱，就是比如这场戏里边，长街卖子，这家日子过不下去了，剧情里边要卖孩子，青衣领着孩子往台上一跪，这一哭，有的活儿里边，旁边带个小花脸，就帮着说，您看哪，卖孩子多可怜哪。老百姓，各位，有钱的，您帮衬帮衬吧。拿一大竹竿，大竹竿前面绑一筐，拿着站台上，你看这位，一看就是有钱的，来，您给点吧。筐愣杵到人脸头里边去，观众就往筐里搁钱。这是过去老艺人的方法。

这我们都干过，就这竿往谁那儿递，还不能让人恼了呀。人不想花钱，杵在那儿，大伙儿都看着，给钱不给钱，给钱也骂街。你得知道谁能花钱，你还得让他开心，你还得捧他。这个就是艺术的魅力、演员的技能。就这样的戏，我干了好多年。

【戏中百味】

那时候唱戏包括说什么台上没准词呀，看本小人书就唱一新戏，都很正常。

到这个村了，村长拿本小人书，说这个东西可好，这个故事你们有这个戏吗？有，这贵，这出戏得两千。好，那就唱吧。你就得给人唱。

什么叫编剧作曲，没听说过。看看小人书，后台有老先生，你的花脸，你是皇上，头一场你们俩见面，二场下来老旦坐场，唱四句，溜板，上你。唱什么呀？活该，是你的事儿。

你得活着呀。唱完了，村长可开心了：这个剧团会得可是不少，你说什么有什么。

要不怎么办呢？就这样的生涯我过了好多年。我对戏曲的爱是不一样的，因为它救过我的命，我指着它吃，所以我爱它，而且我知道它好在哪儿。

经历过我们这种，跑过帘外——我们不在城里唱戏，这叫跑帘外。跑过帘外、搭过小班、见过老艺人，我们对戏曲的这个爱，可能跟你们在城里买张戏票，坐在大戏院看戏，心情是不一样的。我知道它好，而且我也知道它怎么能好，所以我特别愿意它好。

其实你贴出去合适的剧目、合适的演员，观众爱看，花多少钱他认头。

你别看，今天贴这个戏他不看，明儿你换个角儿，换一出戏，你看他看不看，他一定会买票。那为什么那天他没来呢？那天角儿不好，戏不好。看戏看的是角儿啊，你凭什么弄四个龙套，你给人胡对付三十分钟，人就买票？

后来就导致什么，我听的这段不是这么唱的，我那段录音是这样的，跟我听这录音不一样，你就叫不对。他也没明白，他就拿这个说事，开始跟你搅和了。他也上网去骂街去，这个不对，那个不对的，这就是完了。他也没见过，他也不知道这段可能有八百种唱法。

过去那真是好角儿，百花齐放，同一出戏十个角儿能唱十五个样儿。

现在是六个角儿，学着一段录音还怕谁学得不像。艺术没有得到发展，越走道儿越窄，它好不了。没有好角儿也就没有好观众，相辅相成的，对不对？

山珍海味咱们吃完之后，咱们说，你那鱼翅发得不对，你这个鲍鱼如何如何，这行。现在就一个腌黄瓜，来四个人跟这腌黄瓜较劲，如何如何，那它好得了吗，是吧！

【我爱唱戏】

戏曲行业每年国家投入大量的资金，还有好多老先生健在，还有大批的年轻演员，还都跟这行苦熬苦业的，所以说还有希望。

我的见解有限，我的能力也有限，我只能说尽着我这点水和这点泥，能好一点儿是一点儿。弄麒麟剧社也好，干吗也好，我都希望能尽力帮一点儿吧。

我现在唱戏我也不指着它挣钱，演一场不行我还得搭点儿钱，搭钱也愿意卖，希望它能好。但是终归个人的力量是有限的，我也没指望说凭我一己之力，就让戏曲如何如何了，做不到，我也没这么大能力。就是尽自己微薄之力，笼络点孩子们，给他们提供个平台，找一个好剧场，我们把戏恢复恢复。

情怀这东西不能说出来，说出来算是诈骗。但是呢我自己，我也得承认，我对戏曲是有情怀的。我现在不指着戏曲吃饭，但是我爱戏曲。

你如果问我的话，说书跟唱戏是排在第一位的，说相声排在第二位。我个人认为我的相声是我这三样里面最次的，我最好的是说书，第二是唱戏，第三个才是说相声。

我很爱戏曲，之前评剧我整理我会的有几百出戏，梆子我会得少，会几十出，京剧一二百出是有的。就说市面上见不着的，我们小时候学的或者有的，比如这出戏就这老先生一人会，他没了这戏就没了，就这样的戏我也会一点儿。

虽然说我能力一般、水平有限，但有生之年，我很希望能为戏曲投入一些什么，能够把这些戏，哪怕留个资料下来，我觉得也是对戏曲的一种尊敬。这是我们的国粹，希望中国戏曲能够再度辉煌，希望它好。

16 跨界：拍电影与拍黄瓜

　　我演过电影，也导过电影，评分都不高，那是真的，我喜欢拍电影，那也是真的。电影和相声一样，都是一个表演的过程，只是表演的形式有差别，就好比原来我一直是一个拍黄瓜的专家，今天我要做炒黄瓜的专家，但黄瓜还是黄瓜，就这么简单。

【跨界和反串】

我专业是说相声的，我也拍了戏了，这个定位其实特别难说。

比如说，我举个例子，于谦老师，他也是说相声的，他如果去做电影导演的话，既不属于反串，也不属于跨界，因为他在北京电影学院正式学过电影导演。你看，哪儿说理去吧！

跨界和反串有区别。

比如说我们的京剧大师梅兰芳先生，他是个男人，他唱青衣、唱旦角，他这个既不算反串也不算跨界，因为他本工学的就是旦角。但是，如果说梅先生有一天赶上年终了，我们唱一场戏吧，他唱场老生，那么他算反串。如果梅先生说明天要去这场戏，来拉京胡或去打大锣，那个算跨界。因为脱离他本来的行业，是这个意思。

我拍过一个电影，《祖宗十九代》。上映时是春节期间，春节档电影的竞争很血腥，各路高手云集，有的就玩命砸钱——我花十个亿，只要能卖回五百块钱票房来，我都值；还有的呢，就是从一开始花好多钱，雇人去骂对手。

我这个戏一共也没花太多的钱，花十个亿我去买，我觉得犯不上。所以当时，我们想了个办法——看完了电影，票根留着，一年之内到德云社所有的小剧场，到那儿就换门票。你要买四千张电影票，你能包一整场。

这些年来虽说我没有什么出色的电影作品，但是我交了好多出色的朋友——《祖宗十九代》里的三十三位明星。有事才能看出朋友来。帮我拍过《祖宗十九代》的这三十三位朋友，让我很感动。

【电影背后故事多】

拍摄本身就是一个有趣的事情。

电影开机之前会有一仪式——烧香。不是迷信，最起码是大伙儿一个美好的愿望。开机这天本来天气特别好，什么事都没有，我们一烧香就开始下雨，紧跟着就刮风。

大伙儿告诉我："给您道喜！"

我说："怎么了？"

"风调雨顺！"

我说："好吧！"

然后说开机，刚说开机，那发电车"噗"一下子就着了，大火苗子冲天而起。他们对我说，这戏一定会火。

酒店里也有一些有趣的事情。有一天，在北京郊区拍，拍完之后太晚了，就都住酒店了。安排的是不一样的酒店，我跟侯老师我们两个人住了稍微远点儿的一个酒店。我们两个人开车到酒店的地下停车场，停好车，拎着箱子往外走。我们从片场开到酒店大约用了有十分钟，从酒店地下车库走出来到大堂，再到房间走了将近四十分钟。就顺着走，一直有显示嘛，前面前面走。后来我们知道了，一出地库，旁边一拐，一分钟就到，我们俩当时兜了大圈。当时天都快亮了，周围也没人，我们俩人拿着箱子、拖着东西累得都不行了，整个酒店兜一大圈。看到电梯，准备等电梯，等等等等，电梯怎么还不来啊？

保安来了，问："你们俩去哪儿？"

"上楼啊！"

保安看了房卡说："不，不，你们那个房间就在这儿，一楼。"

我们一看，好像写的是一楼，差点儿上楼。一楼有一个大门，我就拿出卡刷刷刷刷刷，门也不开；我们俩就推推推推推，也推不开；最后一拉，开了。

我们俩乐得不行了，进去吧！走吧！顺着楼道走，终于找到了房间，掏出卡来刷刷刷，又刷了好半天，门都没开。再一看，我们刷的是片场工作的卡片，不是酒店的房卡。

后来，我们说这事儿跟谁也别说，太丢人了！但是没憋住，转天到片场就挨个儿告诉一遍，让大伙儿开心开心！

【电影很辛苦】

拍摄电影那几个月完全是在一个混乱状态下把它干下来了，所以这戏拍完之后我就说，过瘾了，可以了，卖不卖都无所谓了，不重要了。

说相声或导电影不能用一个辛苦来解释，你拿相声当什么呢？你当个业余爱好，那怎么都不辛苦。你要说我就是一个说相声的，就指着说相声吃饭，还得说好，这个过程很辛苦。你得这么想，说相声，最起码来说，十个说相声的得有八个指着说相声吃不了饭，你就知道为什么说相声不这么简单了，很辛苦！

拍戏也是如此。哪个行业想做好了都会辛苦。

心中有事天地小，心中无事一床宽。

红尘闹市争热饭，何惧闲人语二三。

【把电影卖出去】

做电影分两块儿，拍的过程当中是一个匠人，要以工匠的精神来做；拍完之后，你要做一个商人，你要把你的电影卖出去。

当然，无论当时还是现在，电影卖出去很难。你要拿出一万倍的精力来，超过前面的拍摄过程。比如说《祖宗十九代》，我在做后期的时候，网上就已经有了一分的评论了。我都纳闷，我说你们谁看了？故事还没有接上，怎么就出了一分了呢？

我们有团队，查吧！查完之后说，给您查出来了，有一拨是哪个哪个电影公司干的，又有一拨骂您的是原来您的老仇人。

那年的电影市场，我们也做了一个调查，每一家的戏都挺硬，每一家都花了好多钱，每一家都想方设法地要在春节的时候大干一票，这就难了。你要说真是每家都摆在那儿，你也看我也看，最后谁好是谁的，也还罢了，竞争起来各有各的手段。比如说我真有一个亿的观众都举着票到电影院去，我要看郭德纲的戏，我要看郭德纲的戏，这是您捧我！

但是，有一个客观问题，您到了之后，这电影院没有我的电影怎么办？这就是唯一一个难处啊！您去了之后，可能人家就有一个《小兵张嘎》，再来一个什么戏，人家这个戏一天演四十场，《小兵张嘎》演五十场，你这《祖宗十九代》就一场，后半夜3：05有一场。你天大的能耐也没用啊！我说后期卖电影要比前期拍电影难，就难在这儿了。

所以，到这会儿的时候，跟艺术已经没有关系了，不是你拍得好与坏的问题。我心态好，雷霆雨露，俱是天恩。说卖得好就好；卖得不好，认命就完了。没办法，竞争就一定会这样。

咱们也盼着有一天，咱们的电影市场能越发地规范。比如相声市场，现在其实很规范，就是谁好谁卖钱。观众不傻，观众举着钱，今天这是岳云鹏，这是郭德纲，岳云鹏哎比他师父还好呢，我们看他师父吧！

一轮残阳落水中，半点阴来半点红，

半点红水中去，抬头看一轮明月又东升。

【不骂人的导演】

我究竟是什么样的一个导演呢？

我在现场，他们都说我虽然说业务水平一般，但是态度很好。

我从干这行，我就一直认为不能骂人。

我们探讨过这个问题，我跟其他导演、其他的朋友都探讨过，我们承认有人在现场会骂人，有的还骂得很难听，我也见过。反正我不能骂人，第一，我的脾气不适合骂人；第二，你骂他的目的无外乎就是他不好，但你作为导演的话，他不好也是你挑来的，他不好你干吗挑他？现场当着那么多工作人员、那么多演员，你骂他，人都是有自尊的，你一骂他，他心里难受，更不能很好地沉静下来按照你的要求演戏了。

当然，我也见过有导演，从到现场头一天就挨个儿骂，从演员开始，灯光、摄像等所有工作人员都骂一遍。后来我问他，你为什么要骂？他说，你骂了他之后，他怕你，现场会好好干活。他先把人骂服了。

说句难听的话，我觉得，也许有的导演，骂人是他的舞台，表现一下好开心。这个没有办法，因为你要知道，导演其实很辛苦，而且片子上了之后，演员露脸，没有人知道导演的艰辛。导演也需要一个发泄。

　　花开花落，月缺月圆。
　　人生多世事，月眠人不眠。

【内行手段做外行事】

我是用内行手段做外行事的一个内行人。

什么叫内行？什么叫外行？

你要说明天，比如说，航空宇宙飞船公司来叫我去，他给多少钱我也不会去的。但是说书、说相声、演戏、做节目、拍戏，其实是一回事，只不过是表现的手法不一样。

我一个人说一段评书，说一故事，我都能挖无数的坑，把你们扔到坑里边要死要活的，凭什么有这么多先进的技术手段帮助我的情况下，倒不能把一个故事讲好呢？所以我也想尝试一下。从这个角度出发，谈不到什么内行外行，就是原来我一直是一个拍黄瓜的专家，今天我要做炒黄瓜的专家，但黄瓜还是黄瓜，就这么简单。

说相声其实是一个表演的过程，你站在那儿开始的那一刻，你就要是今天这个作品的剧中人。从你的每一句话、每一个眼神、每一个状态，你要把观众带到故事当中来。他只有相信你是真的了，你的作品才能取得相应的效果。

为什么说有的相声演员他也能学也能说，最后卖不出钱去？因为那是假的。为什么好多人都认为我台上说的于谦老师那些事儿都是真的呢？说明表演得太真了！

没辙时思饭，有辙时思安。

没酒时学佛，有酒时学仙。

老要张狂少要稳，莫把无钱当有钱。

清风明月不用一钱买，

只如此可容得万水千山。

17 师父：我的师承

　　侯耀文先生是我的相声师父，金文声先生是我的西河门
评书师父，他们是我正式磕头拜过的师父。

【师父侯耀文】

我拜师是 2004 年 6 月 8 日。

2007 年 6 月 23 日，侯先生与世长辞。英年早逝。

他去世的时候才五十九岁。他曾经开过一个玩笑：2008 年是我的六十周年，为了庆祝我的六十大寿，我们决定在北京办个奥运会。结果在奥运会到来之前，他就悄悄地离开了我们。

五十九岁，正是一个相声演员在舞台上的黄金时刻，经验丰富，火候、尺寸、劲头都是最好的时候。在他活着的时候，有一个算卦的跟他说，寿享九十三。他自己也确实拿这句话当回事儿，逮谁跟谁都说，算卦的说我能活到九十三岁。在他去世之后，我还问了，还能找到这个算卦先生吗？后来别人说他已经在我师父去世之前就去世了。

在我师父去世之前，我跟他说，快过生日了，我想把北京的民族饭店给您包下来请客。他特别高兴，问我，我能请多少人啊？我说，想请多少人都行。他笑得特别开心，就像一个小孩子一样。他的生日是 7 月 17 日，我当时已经提前预订了民族饭店的大厅，准备给他办一个盛大的生日宴会。

他喜欢热闹。特别寂寞的时候，他会给所有人打电话，快来，到家里来吃海鲜。把大家都骗来之后，煮点挂面让大家吃，吃完聊天，根本就没有海鲜。他一辈子最喜欢吃的就是面条，一定要煮烂了，煮得像面酱一样，都不成条儿，煮成了烂面，他端起来呼噜呼噜跟喝粥一样，像糨糊，他特别爱吃。

除了面条，他最喜欢吃的是饺子。有时候自己在家里煮饺子，煮了一大锅，煮好了吃两个就自己玩游戏去，玩了一会儿又跑回来吃两个，吃完又上院子里玩别的，就像一个小孩子一样。他不喜欢像别人一样坐在桌子前大模大样地吃。

我那会儿住南边儿，他住北边儿，中间有俩钟头的路。经常晚上六点，我这边刚吃饭，他那边打电话过来："饭做好了，来吧！"我赶紧撂下筷子开车过去陪他吃饭。他家里没人，他其实是寂寞，愿意有人去家里陪他。我过去陪他聊天陪他唱戏什么的，他很开心，我自己也很欣慰。

在他去世之前，他跟很多人说过，特别想把房子换到我的那个小区。他跟我的师弟说，我要搬到你哥的那个小区，让你嫂子给我做饭吃呢。

我第一次见到侯先生是在一个相声小品邀请赛上，那是我唯一参加过的相声比赛，侯先生是评委。在比赛中，我和于谦老师说了一个歌颂型的节目《你好北京》，现场效果还不错。

有趣的是，当时我们的作品获得了三等奖，两年后才给我们补了一个组委会三等奖，比赛得奖就像老娘们儿过日子一样，想一出是一出。

比赛后，我们跟侯先生没有太多的接触，他工作也忙。后来，侯先生点名让我和于谦老师跟着他们一起去广州参加演出，我当时特别高兴。在广州的时候，他跟我说了一句：晚上演出结束后找我聊天。当时我以为他只是在跟我客气，因为演出结束都十一二点了。演出结束之后，有人招呼着大家去吃夜宵，吃完回来已经两三点钟了，他们告诉我侯先生还在房间里等着我。吓我一跳，太不合适了，赶紧过去。当时是夏天，他躺在床上，盖着一个被单，我说：您还没睡觉呢？他笑着说：那哪行啊，这不应了客人嘛，这不等着嘛！我特别抱歉：我以为您说着玩的呢！那天晚上聊了很久，侯先生问我愿意不愿意加入他们铁路文工团，我说好啊。

后来，侯先生给我打电话，问我能不能跟他在一个叫《周末喜相逢》的电视栏目合作一个节目，我特别高兴。从来没敢想过能有一天给侯先生捧哏，这是多少相声演员心底的梦想。录像当天，在中央电视台的录影棚，他拉着我在录影棚的一个水池边对了三遍词。对完词，现场的很多著名相声演员都来问我刚才是不是在跟侯先生对词，我点头说是，他们都很吃惊，告诉我说侯先生跟石富宽先生从来不对词，却和我对了三遍。我说，可能侯先生怕我忘词了吧！我记得，我们一上场，演播厅的上场门下场门都挤满了相声演员，他们都在围观。那天我们演的是《戏曲接龙》，演出效果不错，侯先生很开心，在场下跟我说了一句话：祖师爷赏饭。他还有话想说，但犹豫了一下就不说了。之后，我们开始越来越亲近了，没事就打个电话发条短信。

再后来，于谦和侯先生在一块儿聊天，提了一嘴郭德纲适合拜您。侯先生说，那他怎么不跟我说？接着，侯先生给我打了一个电话，说：他们都说你适合拜我，你愿意拜我吗？我说：我愿意啊！他说：就这么说定了，过段时间我正好要收一个外地的徒弟，你们俩就一块儿吧。挂了电话，我特别激动，特别开心，侯先生可是相声界的泰山北斗，一杆大旗，能列入侯氏门下是对我的身份以及专业的一种认可。

在艺术上，我认为他是相声贵族，他的节目，有骨有肉。其实我很多地方挺像他的，潜移默化的一些东西。并不是说某一句就像他，其实细琢磨有些地方很相似，比如有一些节目的结构、表现形式和技巧。在艺术上，我从他身上学到了很多东西。

我师父的一辈子，人前风光，事实上，非常不容易，内心深处特别孤独，很多话都不能拿出来跟别人说。那么大的一个角儿，到处演出，很风光，半夜十二点多回家，进屋连一口热水都没有，把西装一脱，给自己煮碗面条。他没有别人所拥有的家庭幸福，没有同龄人的儿孙满堂，推开门不会有孙子跑过来抱着大腿喊爷爷。他的房子有四层楼，很宽敞，但平时楼上楼下都关着灯，他睡在地下室的一个小房间里。我记得那个房间比别的房间面积小了不少，角落里堆着一件军大衣，床头有一个小凳子，上面搁着一只烟灰缸，烟灰缸里面插满了烟头，就像一座小山一样。偌大的一个别墅，他回到家里就缩在那么小的一个角落里。

事实上，我师父还是一个特别胆小的人。第一，不敢去火葬场送人；第二，不敢去医院看望病人。哪个朋友住院了，让他去看看，他一个人不敢去，害怕。很难想象在台上这么大气的一个人，在台底下胆子会这么小。在他去世之前，有一阵子经常后背疼，一进后台就找药膏，我多次提出带他去医院看看，但他就是不敢去医院，一想到医院他就害怕。

他不但胆小得像一个小孩子，还特别贪玩。有一次，我们一起在广州演出，他上街的时候买了一个电动小汽车的模型玩具，特别喜欢，特别高兴。我们在台上演出的时候，他就躲在幕布后面遥控着小汽车进进出出，谁要是去碰一下他就急了。他就是这么可爱的一个人，看着好像很大气很厉害，但实际上生活里就是一个很贪玩很天真的顽童。

他平时特别喜欢玩各种各样的游戏机，上厕所必须拿着一个游戏机去，而且不让别人玩他的游戏机，怕别人把他的游戏进度冲走了。他家里有一个很大的地下室，能看电影、玩游戏机、打麻将，他买了好几个很大的游戏街机，换了两千多块钱的硬币，他说希望串门的客人可以跟他换硬币玩游戏，结果从来没有人换过。

有时候他交朋友也像小孩子一样，看见一个朋友的帽子不错，他喜欢，他就跟人要，人脱下来送给他，他就真的戴走了。他也像小孩子一样不记仇，跟你在这儿说话拍桌子都快骂起来了，一会儿搭着肩膀去吃饭，他都忘记跟你吵架的事儿了。

他去世的时候好多相声演员都哭了，那是真哭，都是发自肺腑的，大家都知道他这个人有多好。

清明时节雨，纷纷路上行人，欲断魂。

千家插柳，万户添坟。

纸灰化蝴蝶飞舞，血泪飘杜鹃啼痕。

借问酒家何处？有牧童，遥指杏花村。

183

2007年6月23日，师父离开了我们。酆都路遥纸化白蝶，一代相声名家毫无征兆地离开了他深爱的世界。告别了舞台，告别了相声，告别了所有。先生去了，他很干净地给自己画了一个句号。但他不知道，另起一行之后，人间又上演了怎样一出戏？

魑魅魍魉乱吼纷飞，恨雾凄凄催人泪垂。人做鬼，狗做贼，至这般又怨谁？满座的高朋移在哪里饮酒，骨肉的相知又在何处作陪？红粉佳人变成了残荷败蕊，三千食客也忙着去把墙推。八宝山痛哭的有你有你。拍胸脯起誓的有谁有谁？孔圣人教给我们忠孝仁义，可人走后茶杯内落满了土灰。都忙着持彩笔把画皮描绘，须提防头顶上云响霹雷。德崩义坠，雨打风吹，何时能云儿淡彩霞飞，湖中影倒垂。虽不必人人神圣，也不该个个心亏。休道那为非作歹皆由你，须明白善恶公平古往今来放过谁？我且佯狂佯醉，候等风云会，刮尽那豺狼宵小狐媚狗贼，还一个朗朗清平峰峦叠翠，日暖风和缓踏芳菲。

行内俗谚：艺人的嘴澡堂的水。其意为不可听不可信，因其无洁净可言。包括很多极亲近的同行，言语中也有三成虚谎。不见得要害人，就是说惯了，不骗人难受。但师父对我，光明磊落，无半句虚言。

山西演出，入住太原最好的酒店，环境极佳，服务上乘。晚间，由剧场回酒店，进屋见花篮果盘迎面摆放，感主办方周到。进卧室，见写字台摆放大红签字簿，已打开，旁置一笔。知让签名，遂信手翻看。扑面三个大字"侯耀文"。我呆住了，目不转睛地盯着，没错，先生的亲笔字，落款 2004 年 9 月 3 日。我缓缓坐下，轻轻地摸着师父的字，无语良久。我拜师是 2004 年 6 月 8 日，也就是说拜师后两个多月，师父入住了这家酒店。五年后，我也住在了这儿。别人看这无非是凑巧而已，可我宁可认为是冥冥中的安排。愣了半天，我提起笔来在师父的名字边上写了个小小的"郭德纲"。

【恩师金文声】

金先生是我非常尊敬的人，相见恨晚。

1998 年，我们在北京的中和戏院组织几场天津老艺人进京的演出，从天津请来了十几位老先生，其中就包括金文声先生。在相声演出的场合也经常会有唱快板、山东快书的，但只是作为垫场、开场或者助演的形式。当时我并不认识金先生，所以看到节目表上把金先生的演出放在腰儿上的时候，感到很意外，当天的演出很大，老艺人都是非常有身份的。

那是第一次见到金先生，也是第一次看到金先生的演出，直到看完他的演出我才发现，金先生能耐实在太大了。他的山东快书里面的包袱超过了很多相声，和他同台的相声艺术家捆在一块儿打不过他一个人。

后来开始越来越熟悉，我去天津的时候经常找他聊天，他来北京的时候也找我聊天，我们慢慢地成了忘年交。我们见面的时候大部分都在聊作品，我也很喜欢听老爷子说曲坛趣事儿，他还有一大爱好：骂相声演员。观众只能看到演员在台上的表演，台下的生活和人性是无从得知的，纯粹依靠想象。金先生一生浪迹江湖，从旧社会到新时代，在这个行业里浸淫，接触了无数著名或不著名的演员，所以他更了解很多演员的本来面目。他的性格上有侠者之风，快意恩仇，愤世嫉俗，很多事情都会看不惯，所以经常在舞台表演或者接受采访的时候，把他对这个行业的情绪和看法表达了出来。说句实话，我也受到了他的一些影响。

后来，我们关系越来越好，有一天，金先生突然问我：德纲，你算我徒弟吧？我说：我就是您徒弟。

2006年12月20日，我与于谦、高峰一起拜在金文声先生的门下学习评书，这一天是金先生进天津电台六十周年。我们在天津的八一礼堂举办了盛大的拜师仪式和祝贺演出。当天，相声界发生了一件大事，相声大师马季先生与世长辞，中国相声界又失去了一位相声大师。那天相声界很多人兴奋地奔走相告：太好了，马季死把郭德纲拜师给搅和了。

金先生的能耐特别大，山东快书、快板、相声、评书曲艺四门抱，曾与张寿臣、马三立、王凤山等名家同台演出，我认为中国曲艺史上已经留下了金先生浓重的一笔。金先生多才多艺，事实上除了曲艺才能，他年轻的时候还是青年杂技团的成员，骑马、翻跟头、钻火圈，都能来。

金先生的祖籍是山东济南。1930年出生于山东的大户人家，他父亲叫金木庵，当年是大军阀冯玉祥的手下，后来加入了共产党，和抗日英雄吉鸿昌在同一个革命小组。金先生的父亲年少离家出走的时候饿晕在雪地里，被带兵路过的冯玉祥救了一命，从此参军，成了冯玉祥的贴身传令兵。几年后，保送黄埔军校，是黄埔军校的第三期学员。毕业后，屡建战功，被任命为前沿大司令，后来因为与蒋介石反共抗日之事政见不同，只身一人在光天化日下试图刺杀蒋介石，连打三枪，刺杀失败之后落荒而逃到了山东。

金先生的母亲是山东大户人家的二小姐，姓丰。丰家收留了金先生的父亲，并在他父亲被捕入狱后花了很多钱把他救了出来。从此，金先生的父亲弃军从商，从连云港贩私盐到上海的吴淞口，发了大财，后来娶了他母亲，生下了金先生。金先生的母亲生下他几个月后，就把他托付给大姨和舅舅。金先生从小就喜欢曲艺，读小学的时候就经常逃学去济南的南岗子，这个地方类似北京的天桥、天津的三不管。

五六岁的时候，金先生的母亲在电话里跟他舅舅说，让金先生去学医，因为他母亲是中医，结果金先生的舅舅听错了，把学医听成了学艺，就把金先生送到山东的富连成科班学习京剧。后来因为金先生嗓子的原因，不适合学习京剧，开始学习山东快书。最早拜徐教明先生为师学习山东快书，赐艺名金永胜。按山东快书的辈分论，金先生是山东快书一代宗师、高派创始人高元钧先生的师叔。网上很多写金先生的资料都说金先生成名之后自改艺名为金刚，这是一个误传，金先生的原名叫金刚，根本不存在什么自改艺名金刚。

五十年代初，金先生拜了西河门艺人张起荣先生为师，学习评书，"连"字辈，取艺名金连瑞。金先生的前妻是唱西河大鼓的，在当地非常出名，很多有权有势的大人物喜欢她。有一次，有一个有钱人叫人来请金先生的前妻到府上唱大鼓，他拒绝了，他回复的原话是：你们主人家里有女的吗？给我也来一个，不怕老。把对方气得都不行了，他就是这么耿直。

1957 年，金先生从山东去东北佳木斯，在火车上被小偷摸了裤兜，全身剩下两分钱，只好在天津下车。跟当地人打听到了天津曲艺界说书在鸟市，花掉剩下的两分钱坐电车去鸟市找天津电台曲艺团的王凤山先生，王先生是以"俏"著称的王派快板的创始人，板起板落半说半唱，快而不乱，慢而不断，缓而不散。金先生已经一天多没有吃饭，见面就开口让王先生请他吃饭。金先生本来想去河西曲艺队沾光几天挣点路费，结果王先生提出介绍他到天津电台曲艺团。王先生跟团长说："我有一个徒弟，叫金文声，在火车上被小偷偷了，想在咱这儿沾光，他干一个礼拜好走。"这就是金先生的名字来源。

团长让金先生上台验场，台下坐着马三立先生、张寿臣先生等相声名家。金先生唱了一段山东快书，马三立先生第一个站起来说唱得不错，张寿臣先生评价金先生是"老头儿小孩"，当年金先生年仅二十几岁，张先生的言下之意是，在年龄上金先生还是一个小孩，但在艺术上，他已经是一个老头儿，这是极高的评价。

第二天金先生开始在鸟市的百鸣茶社演出，效果特别好，四百人的茶社，喝彩声山崩地裂，观众特别满意。每天两场，下午一场，晚上一场，每一场的效果都非常好，电台开始不让金先生走了，金先生就这样留在了天津。但没过多久，在1957年的"反右"运动中，金先生被打成了右派，金先生和相声大师马三立先生被一副手铐同时带走。之后，金先生不能继续在天津电台参加工作。他只好离开了天津，到处漂泊，撂地说书，到郊区、农村给人说书。

金先生的评书，嬉笑怒骂，评古论今，包袱比说相声的还多，前一天看一个小时的书，第二天他能说两个小时。当时不让说传统的评书，金先生开始读大量的外国文学，把《基度山恩仇记》《茶花女》《三剑客》等晦涩难懂的外国名著改编成评书，在上海的大学里说给大学生听，很多大学生和大学教授都一边看书一边听金先生的评书。二十多年，金先生漂泊于山东、上海、安徽、山西等地，凭着一身的本事活了下来。

他有一段时间没有饭辙，找了一个力气活，负责从徐州的水路往南京送鸭子。他踩一只小竹筏，拿着竹竿，赶着几百只鸭子。他一路卖鸭子、吃鸭子，到了南京的时候，一只鸭子都没少。他送的是很大的南京盐水鸭，一路上用一只鸭子跟老乡换两只小鸭子，到南京一点数，一只都没少，因为只是点数不看大小。

1985 年，金先生的右派终于得到了改正，重新回到了天津市广播电视局，任行政科采购主任，直到退休。1995 年退休之后，他开始在天津的燕乐茶社说书，每天两个半小时，几乎场场爆满。燕乐茶社是天津的老剧场，有说书的，有说相声的，他说评书一场能卖七八十张票，旁边相声剧场只能卖四张票。

金先生的一生非常传奇，他经历的事情足够拍摄一百集的电视剧。曾经被判过死刑。是在他年轻的时候，他女朋友在跟他吵架之后离家出走了，当时山东济南出了一桩非常出名的无名女尸案，在演出的时候，有人说最近出现的这具女尸很像金先生的女朋友，他接着说：连我看着都像。于是把这个案件编成书说着玩儿，来龙去脉，这个尸体是一个什么样的人，叫什么名字，住哪里，怎么死的，诸多细节，绘声绘色，说得跟真的一样，他也因此被怀疑了。后来有便衣警察在演出之后请他喝酒，聊到了这个话题，他说了一句：逮着了算他的，逮不着就算我的。他当场被铐了起来，后来判了死刑，直到他女朋友回来才把这件事情解释清楚了，他才被放了出来。

恩师一生坎坷半世飘零，唯乐观生活之态度令人景仰。

金先生在北京的德云社小剧场说书，突发脑溢血。我把他送进医院的时候，主任跟我说："郭先生，我是您的粉丝，我们会竭尽全力，但是我跟您这么说，这份工作我干了几十年了，像金先生这样的病人无计其数，无一生还。"主任当时绝对想不到，金先生居然又活了十年。

师徒父子，天地君臣。

有心说真话，无情语不真。

红粉佳人休老，风流浪子别贫。

一迷茫千古恨，再回头又何人？

18 搭档：我的搭档，于谦

茶壶有盖，没有这盖也不叫茶壶，没有这壶光剩一盖也不像话。

跟于老师一块儿合作快半辈子了，其实这是我从艺路上最荣幸的一件事情。我们相声里交朋友老有这么几句话：一贵一贱交情乃见，一死一生乃见交情，穿房过屋妻子不避。我们虽说没有托妻献子的交情，但是就这份交情也是一辈子的交情。

【一拍即合】

于谦老师是我在舞台上最亲近的人。

这一晃，我跟谦哥我们俩合作好几十年了。我们俩认识其实戏剧性很强，他是一个特别好玩的人，而且是一个在生活上特别热爱自己的人。

某天在后台，我看着他，特别感慨。

我当年认识他的时候，他皮肤嫩得能掐出水来。

当时他们团人不够，就借我去。那时于老师已经不怎么说相声了，因为他觉得这个行业当时很没落。他那会儿净拍戏，什么小品啊，什么舞台剧啊，不管是什么吧，反正那会儿他净忙活这些。而且人家那会儿在小品行业好像很有知名度。

我在他之前其实有其他的合作伙伴，老先生也有，年轻人也有。

但是没想到，就跟谦哥在一起，我觉得，哎呀！你想象不到，因为舞台的合作很奇妙，不是干这行的根本就想象不到：这话一出口，他怎么接，他怎么说，两个人的语气、轻重音怎么配合，一定得是十足的内行才能干好。

在他之前，我没遇见过更合适的。遇见于老师才发现，这就是我要找的人。

　　我们这行给人最高的评价就是——嗯，你是个说相声的。

　　酸甜苦辣尝一遍，江湖滋味好难言。

　　浪迹天涯多少载，上船容易下船难。

【月薪两块】

于谦早年在曲艺团工作，有次去领工资的时候，我问：你这一个月挣多少钱哪？

于谦：两块！

拿过工资条一看，真是两块！

我好奇为什么他工资这么低，听了原因以后太可乐了。

"如果你算团里的三级演员，一个月得演够多少场，就有五千块工资；如果你是一级演员，可能演够三十场就有一万块，团里会给你安排演出。等到这个月给你安排到二十九场的时候，就不给你安排了，那你这就算没有完成任务！你就只能拿保底工资三百块，这三百块还得扣除这个那个的，最少的时候一个月就只有两块钱！"这主意可太缺德了！

那会儿我和于老师在曲艺团合作，这个团好像就没进过北京城里，都是在各郊区县演出，无论到哪儿去，两个拖拉机并起来就是舞台，或者是地上铺块红毯子，在那儿就给人演。没有拿过整一百块钱的演出费，都是一百以下的零头。当时团里跟我说，只要表现好，会把你和你媳妇儿的户口调到北京。

当年这个户口对我来说诱惑力非常大，于是我就很认真踏踏实实地在人家这儿说相声。

两年后他们终于成功地把另一位老师调到曲艺团了。当然，这位先生办完手续之后没多久，人家就拍电视剧去了。

独占鳌头，本是男儿得意秋。

金印悬如斗，声势非长久。

锦绣满胸头，何须夸口。

生死临头，半字难相救。

因此上，盖世文章一笔勾！

【热爱动物】

有句老话说得好，这人呢，没有爱好别跟他来往，因其无至性也。

不管是好喝酒啊，好养个鸟养个花，不管干吗，一定有个爱好。这人一点儿爱好都没有，别跟他来往，那意思就是净琢磨害人了。

于老师是一个喜欢动物的人。我老说这句话，一个人喜欢小动物，喜欢孩子，这人错不了。有爱心，对吧！

这方面我还行，我喜欢，但是没有像他这么魔怔。

怎么讲呢？爱小动物爱得都不行了，他真喜欢小动物，他爱动物已经爱到顿顿都得有了。

于老师原来有个"天精地华宠乐园"，这个马场在北京的南边，占地六十亩。所以说他是我们这行的土豪。

宠乐园各种动物都有，马、牛、羊、鹿、鸟……于老师有国家二类的动物饲养许可证，不是非法饲养，是很专业的。

尤其他的小矮马特别好，血统特别纯，应该是国内最大的血统纯正的种群。这么些个马，他有时候半夜跟人卸草，一宿宿不睡觉；要不就给狗接生。

他是真爱动物，这个人真是会活着！

【爱喝酒】

于老师年轻的时候特爱喝酒。

有个舞台趣事我想讲讲。于老师跟我合作这么多年来，在舞台上没出过错。但是有一回，于老师真是喝多了。

那次是打新疆来了一批养马的朋友，好像还有卖马的贩子。你想啊，于老师和这些人坐在一块儿了，开心，酒逢知己千杯少。

于老师从中午喝，喝到下午四点的时候其实就已经够瞧的了。跟着他的孟鹤堂吓坏了，说："您不能再喝了，晚上演出，北京北展剧场三千观众。"他也没往心里去，觉得没问题，接着又喝。

一般情况下，我六点左右下后台，到后台就安排事，有采访，有这有那。都忙差不多了，跟着于老师的这几个助理都进来了，都在后台。

我问："于老师呢？人呢？没来吗？"

"来了……"

"在哪呢？"

"在车里睡觉……"

"为什么呀？"

"喝多了……"

我说："你们去吧！去赶紧请一下吧！"

他们说："不行，现在已经昏睡过去了，叫他几回，吐了几回了。"

头一段我记得特别清楚，是我徒弟烧饼跟曹鹤阳，我说你们俩先别下来，今天尽量多说一点儿，两人在台上没完没了，没完没了，就等于老师醒。一直到最后把于老师接上来，其实能看出这个状态来，喝得太多了。

那天舞台上，确实话不搭着，哪句跟哪句都不挨着。反正勉强算是把这场就和下来了。演出结束回去后，凌晨三点，于老师清醒了，给我打了电话："对不起，我喝多了！"

就有这么一回，其他的都很完美，非常愉快。

【相声玩笑】

关于开于谦老师家人玩笑的问题，有些人觉得，是不是应该给他的家人道歉呢？

从有相声那天开始，这行就这规矩。

因为相声无外乎这么几种表现形式：第一就是才艺展示类的，学唱歌、学京剧、学打鼓、学这学那的，除去这个之外，就是俩人说一个故事。这个故事的主人公，第一种就是我，第二种就是他，第三种就是我们俩之外的人。

我能说谁？我不能说观众吧！

正月里来正月正，弟兄三人去逛灯。

聋子领着瞎子走，瘸子后面紧跟行。

聋子说：今年灯明炮不响。

瞎子说：今年炮响灯不明。

瘸子说：放你娘狗臭屁，灯明炮响路不平。

【易子而教】

为什么于谦的儿子是我的徒弟，我的儿子又拜入于谦的门下呢？

我们这行叫"易子而教"（《孟子·离娄》）。

什么意思呢？易是交换的意思，从来有这规矩，父亲是干这个的，儿子不能拜父亲。不管唱戏的、说书的，还是说相声的。

为什么呢？这里有一个你下得去手、下不去手的问题。你教别人的孩子就好教，拉得下脸来；你教自己的孩子，有亲情在里面，该严格你严格不起来，那么最后还是耽误了孩子。

所以说我们这行就是，你再好也不能自己收儿子当徒弟。

远看隔河一锭金，喜在眉头笑在心。

有意过河拾财物，无有撑船摆渡人。

看来万般皆由命，真是半点不由人。

将脚一跺心一狠，外财不富命穷人。

【幸遇于谦】

我跟于老师这么多年的关系一直很好。

我们跟其他做生意的不一样，相声是一个很独特的行业，两个人必须拧成一股劲儿，才能把钱挣到手。

私下的时候，我们俩人其实都挺有个性的。我这个人，我都说了多少回也没人相信我是个内向的人。我其实不适合干这行，但是这玩意儿，想不到的事情，就是老天爷安排我干了这行了。

朋友就是朋友，搭档就是搭档，你想，又是朋友，又是搭档，又是夫妻，又是好哥们儿，又是同学，那是痴心妄想。

在于谦老师之外，我其实也合作过十多位演员。为什么都没成为好朋友，对不对？于谦就是不一样，这就赶巧了，祖师爷恩典我，给了我这么好的一个捧哏演员，这才有了我们这么一对搭档。

但这个可遇不可求，这就如同是我要出门，我一会儿出门必须要捡一块金子，还得是方方正正的，得五十斤，还没人要。

凭什么呀？你想是你想，但达不到。

遇到于老师，只能说太幸运了。高山流水遇知音。

19 忆同行：我尊敬的相声人

要知山下路，问我过来人。

相声界好人不多，但是有。

这里仅回忆几位跟我有交集的我尊敬的同行。

【冯宝华】

冯宝华（1922 年 7 月—2004 年 5 月 31 日），北京人。原名冯振声。其父冯书田是民间戏法艺人。

冯宝华自幼酷爱相声艺术，十三岁学相声，师承马桂元。后其师病故，他随马德禄及老艺人尹凤岐学艺，边学习边实践演出。自 1937 年后，在沈阳、哈尔滨、牡丹江、徐州等地献艺。

冯先生老实善良，老北京人，1999 年中和戏院演出之前，他每天到鲜鱼口喝炒肝。我《学货声》里的"油炸鬼"就是跟冯先生学的。

一次，我回天津，到中华曲苑串门。冯先生特别高兴：小子你来了，待会儿得使一个。我说好。工夫不大，有后台的某个演员故意大声地跟冯先生说：咱们这后台不能随便让别处的演员演出啊。冯先生就僵那儿了，表情很木讷，我赶紧说：师爷，我还有事，得赶紧走，改天再看您来。冯先生"哦"了半天也没说出什么来。老头儿那个复杂的表情我终生难忘。

天黑路滑，人生复杂。稳坐寂寞，静看繁华。

207

【李文山】

李文山（1938 年 8 月 4 日—2017 年 3 月 4 日），自幼生长在北京天桥，酷爱相声。

李文山先生二十世纪五十年代曾与郭全宝先生创作合说相声《历书与皇历》，二十世纪六十年代曾在邮政文工团与李文贵合作创作相声《杂谈空城计》《南来北往》《女英雄》《一比吓一跳》等。二十世纪七十年代创作的相声代表北京唯一的一段相声参加了全国曲艺调演。二十世纪八十年代曾与郝爱民合作，并调入北京宣武说唱团至退休。

后来德云社演出的时候呢，张文顺先生就提到了，说李文山现在在家待着了，可以请他来参与咱们的演出。我那会儿不认识李先生，张先生讲话了，就是北京四大黑穴头之一啊。当然这是玩笑了，那会儿李先生很红，北京很多著名演员都得跟着李文山先生出去演出。

李先生加盟了德云社，他当时住在北京昌平，从那儿要到南城来演出其实很远。但是他不计报酬，儿子开车送来，特别地高兴。

李先生自己在昌平有一小院，院子里边有游泳池，有小剧场，有客房有饭店。平时最爱干的事就是约请大家到他那里去做客。有一次，他兴致勃勃地对我说：你一定要来呀，我请大家吃饭。我们挺高兴的，就都去了。一大帮人到那儿一问他，吃什么呀？李先生说了：今天请你们吃飞禽火锅。大火锅里边各种飞禽得有十多种。吃吧，大伙儿都挺高兴。唯独要了我的命了，我不吃飞禽。

其实我小的时候也吃，鸡啊鸭子啊都吃。后来由于做生意受打击了，我们有一个合伙人大哥赔了好些钱，他那会儿劝我把我那房卖了，拿钱把这个窟窿堵上，然后一倒手就能挣钱。那会儿我也年轻啊，我就听人家的了，把房卖了把钱给人家了，大哥把账还上了，我没地儿住了。唉，就跟他一块儿住。开始还凑合，后来老觉得我是一个多余的人，而且他那个姨在家里做饭，弄了好多的生鸡皮，每天给我们炖鸡皮吃。鸡皮这个东西油性大，炖完之后又腥又难闻，天天给吃这个，那意思就是，让你赶紧走，别在我们家住了。

后来我发微博的时候提过这个，我说当年篱下避，今日恨鸡皮。打那儿起对鸡皮就有无名地厌恶和恶心，所以说就导致了飞禽类的我都不能吃。这一回李文山先生请客，大铁锅炖的都是飞禽，要了命了，我只能光吃白菜啊，算是凑合吃了一顿。

李先生后来身体不好，他临终时我到医院去看他。一开门，他没想到是我，很激动。那会儿他已经很消瘦了，李先生说，哎哟，太高兴了啊。你看我现在虽说那个精神头不行，但是我能唱，然后他大声给我唱了段现代京剧《智取威虎山》。唱那个"早也盼晚也盼"，声音确实很洪亮。当时觉得他状态还不错，但是没想到啊，春节后，2017 年 3 月 4 号，李先生去世了。

去世的时候家里边儿也没有张扬，李先生的公子把事情都料理完了之后才通知我们，这让我们都很遗憾，没能到灵前去磕个头。

【张文顺】

我之前在媒体面前说过一句话，中国相声界有两个人是绝顶聪明的，一个是我的师父侯耀文先生，一个是张文顺先生。

张文顺，祖籍河北，1939 年出生于北京，在北京长大。

我和张文顺先生搭档的时候，我经常在台上开玩笑地说张先生因为谈恋爱被曲艺团开除的事情，其实这是真事。

张先生从北京市十一中学毕业，考上了北京师范大学，但因为喜欢相声，放弃了大学的学业，背着家人报考了北京曲艺团学员班学习相声。作为大学生，放弃学业去学习相声，这在当时真的不多见。

当时张先生爱上了曲艺团学员班的一位学单弦的女同学，也就是他后来的夫人。但曲艺团不允许学员谈恋爱，一旦发现就会开除。曲艺团的领导找张先生谈话，如果改正错误，团里就不开除他。但张先生为了爱情，毅然选择了被曲艺团"开除"。北京曲艺界很多年都在流传着"张文顺因为耍流氓被北京曲艺团开除"的谣言，事实上，张先生因为不愿意放弃爱情而选择了离开曲艺团，和他当时的女朋友结婚生孩子，一直在一起。

张先生是北京曲艺团学员班第一科的学员，师承佟大方先生，后跟随架冬瓜先生学习滑稽大鼓。张先生是学员班里年龄最大的学员，十八九岁，其他同学几乎都是十二三岁，张先生那会儿还带他们的文化课。

张先生家兄妹四人，两个哥哥，一个姐姐，他是老小。那些年，提起张文顺，大家都知道那是北京大栅栏金店的张家少爷，出身豪门，大资本家的少爷，也是老一辈相声演员中少数受过高等教育的人。

离开曲艺团没几年就赶上了"文革"，原本家境不错的张家被抄了家。张先生开始自谋生路，在北京市商标印刷三厂做过锅炉工，做过电焊工，卖过力气……到了八十年代，改革开放，先生开始创业，搞装修工程，当年北京城前门大街有一半的装修都是他干的，前门大街第一部电梯、第一个锅炉、第一面玻璃墙都是他装的。

张先生是个讲究人，头发打理得很整洁，穿得体面。上身休闲装，下身西裤，脚蹬皮鞋，他的衣服全都干净妥帖，穿在身上，绅士一般。哪件上衣配什么颜色的裤子和鞋子，他都有自己的一套讲究。这种讲究贯穿他的一生。

张先生也有三大爱好，抽烟、喝酒、洗澡。

他最爱抽的香烟是红塔山，永远只抽这一个牌子的；先生爱喝酒，我们刚认识那会儿，他经常会提着酒带着酱牛肉找我聊天；先生爱泡澡，一泡就是一个下午。九十年代初的时候，他开饭店，当年在航天桥的水鱼城，楼上是饭馆，楼下是浴池，四千平方米的大饭店，近两百个员工，后来水鱼城转了出去，他到处联络，把伙计们安排好工作。

张先生为了他的爱情，一时冲动离开了这个行业，但他一直爱着相声，并且一直还在接触相声，见缝插针地跟着李文山兄弟俩一块儿走穴说相声，否则我们爷俩也就没机会认识了。张先生爱财不贪财，也爱热闹，做生意挣到钱后经常攒局邀请大伙儿吃饭，都是他买单。

1996年，我和张先生在茶馆里认识。

当时我在一家小茶馆里说评书，北京说相声的都在一起聊天儿，一块儿的还有邢文昭先生、李文山先生等这些位，大家自然而然就认识了。我们爷俩特别投缘，有点儿相见恨晚的意思，从此成了忘年交，无话不谈。我和张先生第一次合作是在丰台的一场演出，后台演员不够，刚好我们俩有空，临时合作了一段节目。那时候大家经常聚在一起，应该有二十几个人，其中就有张先生，大家觉得还能干点儿什么，就成立了最早的北京相声大会。当时来来往往很多人，今儿他来了，明儿他走了，有的觉得不挣钱不干了，但先生始终都在，先生生前挂在嘴边的一句话就是："想要发财，别说相声。"

我和张先生私交比较好，所以我爱在相声里说他。先生二十岁左右离开曲艺团，一直到我们再认识，已经是四十年后了，他都六十多了。先生这一辈子做生意，做装修，开饭店……但他一直都爱着相声，所以我们爷俩碰见之后，他很高兴，一起干点儿跟相声相关的就是一拍即合的事儿。

张先生极其聪明，可能只有他在那会儿能瞧出德云社日后的大发展，他的眼界很高。先生去世后，有一个知名相声演员来吊唁，到灵堂上完香，临走时对我说："张文顺会算卦，他年轻的时候，有一段时间就是给人家看相算卦为生。他这辈子看得最准的就是看准了郭德纲。"

有自媒体说张文顺先生，在德云社初期花了大笔的钱，德云社钱不够他就往里面添，我看完就乐了。我跟张先生的私交那是最好，我们俩人这个友情真是超过了其他人，但是我们之间却从来没共过钱。所以说张先生什么投资花钱，这个是外界瞎猜测。

张先生有一个特别有趣的事，可见他的聪明。德云社早期还叫北京相声大会的时候，我们那会儿还有一学员也学相声。这孩子也不老让人放心，总说谎，他那会儿也管我叫师父。有一次啊，这孩子好几天都没来上班，突然来了，我说你干吗去了？他告诉我：我爸爸跟人打架，让人家一脚啊踢在上牙膛子上了。我说：嚯，你爸爸的嘴张得够大的。就是这么一孩子，一听就是说谎。他有段时间，特别爱借钱，逮谁找谁借钱，他往张文顺先生跟前一坐，张先生一伸手，啪！抽自己一个嘴巴：孩子你看看啊，我今天出门老伴儿让我带点钱，我说带着吧，这一出来没想到啊，一上车把钱包丢了。这孩子一听钱包丢了，看来借钱没希望，扭头就走了。张先生说了：我家有副对联，上联是杀父之仇咱不问，下联是夺妻之恨我不提。横批：别提借钱。那个孩子后来就再也不来了。

2003 年，"非典"刚过，张先生觉得自己的身体不对劲了，吃饭时吞咽困难，还总背痛。去医院一检查，食道癌。我去医院看望先生，先生很乐观，根本就没拿这个病当回事儿。9 月份在肿瘤医院做手术，术后恢复良好。2003 年年底，先生又回到相声舞台，他实在太爱相声了。

三年后，2007 年的夏天，天桥德云社，先生给李云天捧哏，在台上演出时，突然失声了。到医院一检查，复发了，癌细胞转移，不得不再次入院治疗。先生依旧没拿这个病当回事儿，大家去看望他，只要一聊起相声，他就兴奋。他一直对自己有信心，觉得还能出院。先生在病中曾想写一本书，叫《我认识的郭德纲——德云社春秋十年》，但因病重，仅写了一页纸。

先生病情复发后，不断恶化，我唯一能做的就是尽全力留住他。2009 年，一个下午，我去探望先生。先生双拳一抱，郑重其事地说：我知道不行了，老伴儿闺女外孙，拜托了！我怔了片刻，低声说：放心，都有我呢。他点点头，双手合十表示感谢。我再也忍不住，泪流满面。

除了亲人，先生最舍不得的就是相声舞台。观众最后一次看到张先生登台是在 2008 年 11 月 7 日，那天我们为张先生庆贺七十寿辰，晚上在民族宫举行庆祝演出。

我写了几句话：

贺相声名家张文顺先生七十寿辰

膀歪心正，

嗓败目明。

艺人中的另类，

商界里的明星。

开除了铁饭碗谁敢如此，

走进了德云社风雨同行。

十载勤劳，叹先生奔波多少，

一朝荣耀，感长者播种深情。

三尺书台，虽然嘴碎人人爱听大实话，

一方氍毹，哪怕年高个个愿闻醋点灯。

出豪富之门入江湖之畔，

冰河铁马伏虎降龙者七十年于此。

继佟爷之迹追架老之踪，

古道西风征东扫北者八千岁犹能？

诗谱南山，寿比南山青松不老。

樽倾东海，福如东海碧水长行。

瑶池偷取蟠桃献，

拜上歪肩膀的老寿星，

愿福寿增，

再增。

> 欣逢张文顺先生七十寿辰，
>
> 携德云社全体顿首百拜，为先生贺寿
>
> 郭德纲　戊子孟冬于砸挂轩

　　我还记得那天老爷子穿着一件红色的外套，那天更像先生的人生告别会。舞台上，德云社全体演员给先生鞠躬拜寿，老人家潸然泪下，那一刻，我的心都要碎了。

返场演出的时候，我和于老师把张先生请上台，攒底大活儿是与张先生在舞台上合作了无数次的返场小唱《大实话》。老爷子食道癌晚期，上台之前还坐在轮椅上吸着氧气，由于喉咙麻痹，只能依靠气管说话，他靠近话筒，用尽所有的力气为台下的观众演出。

2009年2月16日凌晨六点，接到先生去世的消息。我前一天晚上刚从外地演出回来，冥冥之中自有天意，又或许，先生在撑着最后一口气。这个歪肩膀的老头儿，陪我走过十几年的艰难岁月，永远地离开了我们，离开了他热爱一生的相声舞台。

德云社停演七天，高调祭祀。我写了一副挽联：东海风起悲公一去空余恨，西山落日哀哉两字不堪闻。横批：氍毹英豪。灵堂中，我咬着牙发狠：办一堂最好的白事，我看他们谁死得过张文顺！

20 忆麒麟：怀念周信芳先生

京剧有很多流派，南方有一位我们的国剧宗师，麒麟童先生，这是艺名，本名是周信芳先生。

从我的私人感情来说，我比较崇拜周大师的表演。我个人在学唱的过程当中，也愿意学人家的表现技巧。麒麟剧社的来历也是如此，向大师致敬。

【大师麒麟童】

麒麟童他老人家跟你们印象中唱戏的角儿不一样。

北方的角儿，夫子履，大褂，马褂，瓜皮帽，粉底的缎鞋，坐大鞍车，骡子车，上园子演出。揣着手，嘬着抽烟袋，北方的名角儿。

周先生是穿西装，开汽车，请吃饭一定是西餐，而且是分餐制。每周人家去舞厅跳舞去，活法不一样。

十里洋场，才会出那样的一个艺术家。周先生的思维跟别人不一样。他不保守，眼界特别地开阔。他演过话剧，还曾经把好多电影移植成京剧去演，而且不拘泥于说，我唱老生就是老生，他没有。老生、小生、武生，包公戏、关公戏，什么小花脸、丑戏，他都唱，他除了没唱青衣花旦，其他应该是都唱了。

这是多大的艺术家，他二十来岁就有他的粉丝群，那很厉害，不一样。

周信芳先生在我们学唱京剧的人，尤其是我们这行老生的眼里，他近似于一个神的存在，那不是一个凡人。

据不完全统计，大概一九二几年还是三几年的时候，周信芳艺术研究会做的报告，能找得到他的海报，那一年，有四百七十多张。周信芳当时在上海滩跟一些黑恶势力作斗争，得罪人家大老板，不许贴麒麟童的戏，让他滚出上海滩。周先生一气之下说不唱就不唱，离开了上海滩，带着班全国巡演一年。整整一年时间，没有来上海唱戏。

当他一年之后带着班回到上海时，上海滩当时所有的海报通天达地都是周先生的演出海报。头一天的演出就是《群借华》，头鲁肃后赶关羽。麒麟童一上场，三千人起立鼓掌，头场戏剧情也不看，唱也不听，念也不听，直到一直把他送下。从第二场戏，观众坐下来看，就这么想他。这就是麒麟童。

周大师的营销策略也是超前的。他的名唱段《三生有幸》，他还没背下来词呢，先把这段唱灌成唱片去卖。唱片出了两年之后，他才开始排戏。街上是人都会唱了，连卖菜的、卖馄饨的、扫地的、拉黄包车的都会了，他才背词，他才重新排这出戏。高啊！

周先生曾说过，我的戏今天唱完了，明天连园子门口扫地的都得会唱，要通俗，不要让观众听不懂。他是将雅俗共赏做到了极致。

周先生还有一特点，他既照顾市场，也考虑其他的，气节很强。比如说徽钦二帝，比如说文天祥，比如明末遗恨，那都是国破山河在的时候，他排这类戏，让老百姓知道知道，咱们得爱国。

抗日的时候他排什么戏，伪政府的时候他排什么戏？都是为了人民大众而发声。绝对有家国情怀，是个爱国的人。

这个太厉害了。气节有，市场他也懂，他不单纯说我要喊口号，我要怎么怎么，没有，该卖钱还得卖钱，人中龙凤。

好多传统的艺术手段，其实是特别先进的。

我举一个例子，我那会儿小班唱戏，随便说吧，比如唱《朱痕记》，台上有一小花脸叫宋成，这是个坏人，然后这台上好人要杀他，怎么怎么样，"你就该死"。一刀下去他不就死了吗，这个人一死，往前一趴，台上有一个桌子，他把脑袋钻到那个桌子底下，这么趴着。这台上有一死尸了，紧跟着，"来呀，将死尸扯至荒郊！"，"是，地方！地方！"。这喊地方，地方是地保。"地方，地方，把死尸拉下去。"喊完地方，如果说单纯再安排一个人演地方很麻烦，于是刚才演死尸这个，就从桌子底下出来了，一边喊着"来了，来了，来了"，打怀里掏一地方的帽子，把原来的摘了。"地方，地方，换了帽子，不换衣裳，我就是那地方，死尸扯去了。"

高不高？省一人，观众还笑，还看懂了。就类似这种东西，在我们的传统戏曲里比比皆是。

比如赵晓岚先生说了，我是麒派花旦，袁世海先生说我是麒派花脸。多少个别的行当的人说自己是麒派。湘剧麒麟童，豫剧麒麟童，沪剧麒麟童，是地方戏都有一个麒麟童。他们就觉得，我要是能当得起我这个剧种的麒麟童，那我就是这个剧种的荣耀。周先生最红那会儿，上海滩唱老生的都是麒派。他已经风靡了整个行业了。那时候南边北边，剧团可以没有安工老生，可以没有正工老生，没有一个麒派老生的话，那剧团活不下去，卖不了钱啊。

周先生的戏好在哪？过瘾。用一句话说，就是年轻人喜欢他的强烈，中年人喜欢他的博大，老年人喜欢他的深沉。占全了，这就是麒麟童。

周先生的爱情故事，麒麟童传奇，好看。他媳妇儿裘丽琳，是上海滩的名媛，为了他私奔，劲爆极了。周先生的女儿在香港，香港大经纪人，张国荣他们都是她带起来的。周先生的女儿曾经在微博上私信过我，她要拍一个电视剧《周信芳》，她说找我，但是她后来去世了，可惜了。

我师哥裴咏杰先生跟我聊天，他跟少周先生周少麟学过。师哥讲话，他说可能也是咱们没见过什么，老说唱戏有大户人家，接触周家才知道人家就是大户人家。他说那会儿知道周少麟先生家里养着猫，他的琴师说看看您的猫行不行？少麟先生说可以啊，猫有什么不能看的。叫阿姨去把猫抱出来，阿姨说不可以的，怎么的？猫正在午睡。两个阿姨伺候四只猫一只狗，猫正在午睡。

上海滩大少周少麟先生，他的一生就是传奇的一生。从一落生，最好的医院，最好的助产士，最好的保姆伺候着他。就这一辈子一切都是最好的，到最后火化之后，他们在现场的说那个骨灰骨头什么，是粉红色的。

21 聊紫檀：紫檀博物馆访陈丽华

北京中国紫檀博物馆，1999 年 9 月 19 日开馆，由富华国际集团陈丽华女士投资逾两亿元兴建。2011 年，紫檀博物馆"紫檀雕刻技艺"被评选为国家级非物质文化遗产。2012 年，紫檀博物馆被北京市政府授予北京非物质文化遗产生产性保护示范基地。

2005 年，紫檀博物馆向故宫博物院等世界五大博物馆无偿捐赠大型紫檀制古建模型，开启了紫檀文化世界之旅，在全世界范围弘扬紫檀文化。

我有幸拜访了紫檀博物馆，与陈丽华、迟重瑞贤伉俪一聊紫檀博物馆背后的故事。

【结缘紫檀】

郭德纲：我认识的不少朋友，有喜欢玉的，有的就爱祖母绿，有的是喜欢竹子类的东西，有的爱这爱那的。但是，爱紫檀的其实不多。有的爱是爱，但是接触不上。您是因为什么跟紫檀结缘的呢？

陈丽华：我出身满族家庭，是正黄旗叶赫那拉氏后裔。小的时候，家里很多家具都是紫檀的。时间长了，有的就损坏了，后来我就开始慢慢修。我不是木工，但我喜欢这个，我就研究木工的榫卯结构，怎么插呀……比如这个榫和卯要合适，对上了就不会再开。这是一种文化技术，我认为应该传承下来。紫檀博物馆的所有藏品没有一颗钉子。我从年轻的时候，就到处去寻找紫檀，找这个很辛苦。

郭德纲：不好找。

陈丽华：对。比如说找到印度的山里，草比人还高，进去找紫檀树，里边蛇蟒成群。找到后采紫檀的时候，也很费劲。那地方很偏僻，不开化，连斧子也没有，就用大刀砍。砍下来后，用绳子把木头捆上，再用大象往山下拉。那时候，我跟迟先生刚认识，我们带了十几个人，到山里找紫檀。山里那大马蜂窝真是比间屋子还大，没见过那么大的大马蜂窝。我们开车路过的时候，看到沟里像是有一个人躺着，被树叶覆盖着，当时不知道，其实那都是马蜂。回来路上解手时，马蜂就冲我们过来了，我一看赶紧就喊他们"快过来，快过来"，他们紧着往车里跑。就这样，还是有几只马蜂钻进了车里，把我一个亲戚的脸蛰了一下，把迟先生的腿还有背蛰了。蛰了，当时就肿，没有一分钟，亲戚的脸肿得就看不见人了。

郭德纲：毒性那么大！

迟重瑞：是。

陈丽华：就那么大！哎呀，这怎么办？哪儿都没有医院。后来那司机就一直开，开到一个会治的人那儿，那人就是当地的一个农民，赶紧给上了药。这会儿亲戚的眼睛都封上了，再晚就可能死了。

郭德纲：抹的什么药啊？

迟重瑞：他们当地人自己配的。

陈丽华：后来才知道，那个蜂叫七里蜂。我们上了车后马蜂把这车全包围了，拼命往车上撞，车开起来，风挡玻璃上全是马蜂，雨刷刷过去就满，刷过去就满……马蜂特别多。当时是挺害怕的，都吓哭了，说如果回不去一个该怎么交代呀？那几年呢，真是很辛苦。但我太爱好这个了。

【紫檀特性】

迟重瑞：刚才陈董事长谈到了寻找紫檀的不容易，充满艰辛，我说说紫檀的特性好了。紫檀"十檀九空"，是"木中之王"，大家都知道。咱们看这么一个紫檀桌子、紫檀椅子，那得用多少紫檀才能做得出来呀？紫檀的出材率才有百分之十几。

郭德纲：很少有大料啊！

迟重瑞：十檀九空，很少有大料。它就是二膘到表皮的那个地方出来的料，然后再拼接。拼接完了之后再开始做桌子、椅子、屏风。实际上，紫檀无大料，全都是拼接出来的。拼接有很多种方法。

【故宫住两宿】

陈丽华：故宫晚上从来没人住过，我在故宫住了两宿。

郭德纲：害怕吗？

陈丽华：有点儿，那时候正好是八月十五，在故宫有工作需要完成，才有机会住下。晚上天挺黑了，我们就看见了黄鼠狼立起来拜月。夜里能够在故宫，感觉太难得了。那两夜的感受，到现在我也不会忘。

郭德纲：这个经历好宝贵。

陈丽华：就紫檀来说，真是故宫给了我机会，没有故宫老专家们的指导和支持，也没有紫檀博物馆的今天。我希望各位朋友来参观紫檀博物馆，希望您多给指导。

郭德纲：不敢当不敢当，我是外行，今儿来了，头一回见这些好的紫檀的东西。我看您翻的这些个照故宫原样做的东西，不管是宫廷摆的御座，还是那几个屏风，有的很霸气，有的很雅致，嵌黄杨的那个龙让人看着很感慨。你要说整个嵌出一个龙来未必如何，但这龙它叠在云彩里头，它这东西我们讲究这是"活"的呀！就跟说相声似的，你那玩意儿要是假的，观众不爱。这个龙也一样，你看着它是"活"的，它在云里边上下翻腾。工匠的巧劲真好，不是简单的东西。

有个小故事，说武则天养了只鹦鹉，雪白的鹦鹉起个名叫雪衣。雪衣会说人话，能念一卷《心经》。有一天武则天说，除了念经之外，你要能说话，我就开笼子放了你。雪衣说了，你若开笼放雪衣，终生常念弥陀佛。武则天就打开了笼子，雪衣就出来了。但过了些日子，有一天这鸟就死了，武则天很难过，特意吩咐用紫檀做棺材装它。这是野史记载，但说明从唐朝那会儿就有这个呀！

迟重瑞：说明紫檀是非常珍贵的。

【 一生值得 】

陈丽华：我认为我的人生啊，把紫檀博物馆做出来，展览也有二十多年了。我一生做了这件事，我不后悔。

郭德纲：值了。人生有意义，尤其是跟紫檀捆在一块儿，这个可不容易。

陈丽华：我这个紫檀博物馆，很多人来了都是一句话——震撼！将来我还要在各个国家开分馆，因为东西做得很多，展览出去留给后人，代代传下去。我认为这样，一生值得。

郭德纲：应该出国走一圈，让他们看一看咱们中国木雕紫檀文化，国外没有这个。这么一个架子床，这么一个物件，咱们会传辈，一代代传的。有的欧美家具，你就瞧个样就完了，说明天扔了，一点儿都不心疼。咱们这个十辈子、二十辈子也是它啊！

陈丽华：这个博物馆要代代留下去，我这孙子管不了，就交给国家来管理。这是我的爱好，昼夜不停地，我就是专门地做它。

郭德纲：功德无量，真的，您这是个功德无量的事儿。

22 看城门：紫檀博物馆再访陈丽华

关于北京的城门有句俗话：内九外七皇城四。城门和城墙是北京文化的一个代表，印刻着北京的沧桑历史。如今，这些见证了无数金戈铁马和朝代更迭的壮丽城门和城墙，大多都不复存在。我们对古建筑和古文化的了解也止步于历史资料中。今天，由"檀雕技艺"传承人陈丽华领衔，投入巨资，数百名工匠齐心协力、日夜赶工，采用名贵木材和精妙技艺倾心制作，将老北京十六座古城门以 10:1 的比例制作出来，再现老北京城门楼风貌。

【再现城门】

郭德纲：您怎么想起来再现北京这些个城门的呢？

陈丽华：北京是中国的首都，在过去是皇上住的地方。城门是北京的一个文化符号，随着时光的流逝，很多城门都没有了，我就想我能不能再现这些城门。当时就想做城门，满世界找图纸、买老照片，跟我们的工匠师傅们一起研究。后来觉得差不多，我们就决定做。

郭德纲：太难得了，这个。

陈丽华：光研究图纸就用了三年的时间，一天二十四小时我就睡四个小时，其他时间基本都在研究怎么做。我跪在地上校对图纸，膝盖当时都磨破了，到现在我岁数大了，落下了腿疼的毛病。全部做完用了将近十年的时间，我把十六个城门、十个角楼和瓮城中的庙都做出来了。老北京城门现在不全了，我用紫檀木做出来，中国没有，全世界也是唯一的。

郭德纲：我们以前只看到过一些老照片，但是这么真实立体呈现的，确实是独一无二的。您真是功德无量啊！

陈丽华：当时刚开始做的时候也感觉特别难，等到开始修建后，又挺过瘾，就一点点儿地摸索着做，非常有成就感。

郭德纲：10∶1缩小的？

迟重瑞：10∶1缩小的。城门里的瓮城也不一样，有的瓮城是方的，有的瓮城是圆的。内九的城门比较大，外七那几个城门比较小。

郭德纲：那还是严格按照史料记载，非常注重城门的结构。

迟重瑞：对的。

【城门旧事】

郭德纲：北京城是内九外七皇城四，内九就是内九城，外七就是东便门、西便门、左安门、右安门等几个。德云社是在天桥，过去梨园行唱戏有讲究，以珠市口大街为界，能在北边唱的都是大角儿。京剧名角儿一向在北边演出，评剧一般在南边演出，咱们的评剧大家新凤霞先生、赵丽蓉先生，这些大角儿那会儿都在南边天桥这边。北边都是京班大戏，比如说您迟先生家里边，梨园世家。迟先生的亲伯父迟世恭先生就是京剧大家。

迟重瑞：对对对，富连成的。

郭德纲："世"字科的。

迟重瑞："世"字科的。

郭德纲：我有印象，当年咱们还有一位京剧大家艾世菊先生。

迟重瑞：艾世菊，也在上海，跟我大爷在一块儿。

郭德纲：我看过他们两位的录像。

迟重瑞：《乌盆记》。

郭德纲：《乌盆记》，还有清唱的录像。艾先生他们家住永定门，打年轻去上海演出就留在上海了，老头儿想家，就在上海的家里边阳台上，摆了一个永定门的模型。摆在那儿，思乡心切，就想着永定门。这都是当初的老典故了。

陈丽华：永定门，永远安定。

郭德纲：当年出了永定门，其实就很荒凉了。漫说当年的永定门，我十六岁来北京的时候，我记得到公主坟就荒凉得不行，还有庄稼地呢！其实从小我们学相声的时候，老先生专门跟我们聊过北京的城门，但咱没看见，没赶上。看点儿老照片呢，也不知道当时具体什么样。您复制的这个城门很立体！我特别感兴趣，包括瓮城里边那些个小建筑，什么关帝庙啊，做得这么细致，这真太棒了！这个是东直门吧？

迟重瑞：对，这是东直门。它的这个木结构是紫檀的。

郭德纲：北京城九个城门走九种车，东直门一般是走木料车跟砖瓦车，其实就是走的老百姓的车。我也是记问之学，听人说，我这个岁数，我又不像人家专家似的这么学过。但最起码知道北京城内九外七皇城四，九门八镇一口钟。九个城门是走九种不一样的车的：东直门走砖车、木料车；西直门走水车，出西直门奔玉泉山，皇上喝的水得从那儿进，所以它要走水车；阜成门是奔门头沟去，煤是从那儿来，阜成门的城门洞顶上刻一个梅花，代表走的是煤；德胜门走兵车，德胜门在北边，北边按星宿来说主刀兵，所以说出兵的时候走那儿，也好听——德胜（得胜）；安定门走粪车，当然也走兵车，因为德胜跟安定是一出一入，出兵了得胜回来之后，我们安定了；宣武门走囚车，杀人走那儿，菜市口嘛，宣武门的城门洞那儿有字"后悔迟"——车一出这个城门就算交待了，就"后悔迟了"；朝阳门走粮车，因为通惠河嘛，粮食来了打通县走，一定得进朝阳门。所以，朝阳门的城门洞顶刻一谷穗儿。

九门八铴一口钟，北京城九座城门安排了八座城门来打铴，"铴"就是一个架子上架着云形金属片，敲这个发声。唯独崇文门是敲钟。这就是九门八铴一口钟，过去老北京的说法。

崇文门走酒车，是因为那会儿涿州有那个烧锅，卖酒的得从南边来，所以过去北京城卖酒的挂一幌子"南路烧酒"——我这个上税了，我是从崇文门来的。这些个都是老先生们故老相传，但是具体当时什么样不知道。今儿来瞧完之后，特别有一个实实在在的感观。挺棒，挺好！

【慢工细活】

迟重瑞：您看这个城墙土是用木头做出来的。

郭德纲：好家伙！

迟重瑞：一层一层的木头做成的城墙土。

郭德纲：这个太细致了。

迟重瑞：这旁边是砖，中间是土。

郭德纲：这城墙是用阴沉木做的？

迟重瑞：阴沉木。特别像老城墙砖。

郭德纲：太难得了，不上漆，不上色。

迟重瑞：对。

郭德纲：城门楼子是紫檀的，城墙我特别欣赏，阴沉木的。这个是怎么想到的？这个做得太巧了。

陈丽华：那时候就感觉这个城门做红砖的不行，做泥砖的不行，必须是木头。这个城门没有一颗钉子，都是榫卯结构。木材就那么慢慢找，比啊比，最后比出来的就是阴沉木，各式各样的我们都去买了。那时候满世界找木材，迟先生帮着去找，所以迟先生也立了很大的功。

郭德纲：都去哪儿了？

迟重瑞：全国各地找这种木材，什么样的木头能够像城墙砖一样的颜色呢？实际上阴沉木有四种呢：它有一种是叫红椿，它发红；还有种乌黑乌黑的，叫乌木；还有种特别黄的，大家叫它金丝楠；我们选的这是阴沉木里的麻柳木。

郭德纲：这叫麻柳。

迟重瑞：麻柳一打开之后，跟这个城墙砖的颜色正好一样。哎哟，这高兴得呀！这种感觉简直就好像抱了个大金娃娃似的。

陈丽华：您看咱们宫里的大柱子都是红的，那么用紫檀来做呢，也不上色，它有沧桑感。

郭德纲：也没有那个贼光。

迟重瑞：对，不亮。

郭德纲：我看每一块砖都是特别细致。

迟重瑞：这一块砖一块砖都是切下来，一点儿一点儿码上去的。

陈丽华：比例也是 10：1，砖的厚度高度都是 10：1。

郭德纲：刚才我看咱们城墙做的尺寸和状态特别好。比如过去像崇文门，有走私卖私酒的，那会儿得进城门才能算上税嘛，走私酒的就在身上装好酒，顺着这城墙外边，他是倒着往上走，所以您看这个城墙像梯子一样这么上。刚才我摸了一下咱们做的这个墙城，这是对的。你要是一马平川的……

迟重瑞：一马平川的不行，它不对。

陈丽华：你看我们这城门，小孩都可以从门洞中钻来钻去。

郭德纲：老北京分两种，一种是宫廷的北京，一种是平民的北京。宫廷的就是正阳门，正阳门走龙车，刚才没说。走龙车，皇上每年走两回，打这个门走。冬至祭天，还有就是春天的时候，去先农坛，皇上有一块地，就是一亩三分地。皇上扶着那犁，文武百官跟着，耪这一亩三分地，就代表今年开始了，咱们可以种地了。皇上打正阳门走，正阳门的"门"字不能有钩，因为皇上从这儿走，不能挂着，这是皇家的北京。大栅栏啊，天桥啊，是老百姓的北京。

陈丽华：将来我要把老北京的大栅栏、瑞蚨祥、天桥……都做出来。

郭德纲：得有天桥啊，说相声、唱戏的得跟那儿。

陈丽华：还有同仁堂啊，等等吧，我想把这些整个儿做出来。在过去的北京，真是各式各样的艺术都是宝贝。

郭德纲：是的，是的。

【 获赠大炮 】

陈丽华：我们还把过去的大炮也做出来了，我送给您一个。

郭德纲：送我一大炮，我可厉害了。那会儿安定门城门楼的上面也有炮，老百姓对表也是按那儿的炮响对表。

陈丽华：就按那样做的。您看这个炮，手工制作的，还可以走呢。

郭德纲：活的这是。真棒真棒！谢谢，谢谢！

跋

列位看官，到这儿，估计这本书您算是认真看完了，喜欢的，不喜欢的，就这样了。本来也是当年在头条上和大家聊天内容的一个小总结，又做了一些增增减减。当年我那个头条的负责人孙毅，现在管抖音番茄出版了，就说弄一本书，弄就弄吧，也不费事，也多个载体和大家交流交流！聊着聊着又多出了一些想法，和咱们抖音、番茄出版合作，后续我们将一起用一些时间，以图书为载体，用讲故事的形式，陪大家一起长长知识，聊聊故事，希望大家持续关注！让人人都能享受好故事，让好故事影响更多人！

我七岁学艺混迹江湖几十载，就是个民间闲散艺人，一晃也出了不少书了，诚惶诚恐，修道者如牛毛，得道者似晨星，一切赞美都不敢当！能走到今天都仰赖观众们、朋友们的支持！

　　谢谢大家！

　　　　　　　　　　　　　　　　　　　　　　　郭德纲

番茄
FANQIE

让 好 故 事 影 响 更 多 人

总 监 制：孙　毅

营　　销：徐子叶

发行支持：侯庆恩

策略支持：李　赓

项目支持：黄　琰　赵　月

联系我们：chuban@bytedance.com

番茄小说　　抖音　　今日头条　　西瓜视频